Marie Malcovati

Nach allem, was ich beinahe für dich getan hätte

Roman

Edition Nautilus

Edition Nautilus
Verlag Lutz Schulenburg
Schützenstraße 49 a
D-22761 Hamburg
www.edition-nautilus.de

Originalveröffentlichung
Erstausgabe Februar 2016
Umschlaggestaltung:
Maja Bechert, Hamburg
www.majabechert.de
Druck und Bindung:
CPI books · 1. Auflage
ISBN 978-3-89401-827-6

M

Die Kantonspolizei Basel-Stadt hatte Beat Marotti für die Überwachung der Schalterhalle eingeteilt. Niemand wusste, ob der bunt illustrierte Drohbrief überhaupt ernst zu nehmen war, aber man konnte es nicht darauf ankommen lassen. Die Aktivisten waren mittlerweile bekannt, sie traten oft in exzentrischer Verkleidung auf und hatten bei ihrer letzten Demonstration ein großes Kaufhaus verwüstet. Es hatte sich immer nur um Sachbeschädigungen gehandelt, aber auch solche waren schließlich zu verhindern. Da sie nur das Datum und nicht den Ort ihres Auftritts spezifiziert hatten, musste in der gesamten Stadt mit Ausschreitungen gerechnet werden. Sobald Marotti Anzeichen politisch motivierter Rüpelei auf dem Monitor entdeckte, sollte er per Knopfdruck die Kollegen benachrichtigen, die darauf warteten, jemanden festnehmen zu können. Weil er sich kürzlich den Fuß verletzt hatte, war die Ansicht der Live-Übertragung aus dem Bahnhofsgebäude die einzige Art von Einsatz, die für ihn in Frage kam. Krankmelden wollte er sich auf keinen Fall, denn dann hätte er zu Hause bleiben müssen. Marotti drückte eine Schmerztablette aus der golden schimmernden Packung, spülte sie mit nach Chlor riechendem Leitungswasser herunter und wünschte sich einen herausfordernden Arbeitstag, der ihn ablenken würde. Es sah schlecht aus. Seit Stunden passierte nichts. Die Bewegungslosigkeit, zu der er durch die Verletzung gezwungen wurde, machte ihn unruhig. Seine Gedanken begannen, sich gewittrig zusammenzuballen. Selbst im abgedunkelten Raum des Polizeipostens war er vor ihnen nicht sicher. Er nahm noch eine Tablette und genoss den Schwindel, der sich nach wenigen Minuten einstellte. Sein Kopf wurde watteweich, und er vergaß immer wieder, die Augen offen zu halten. Gegen Mittag weckte ihn eine Kollegin aus seinem Dämmerzustand. Sie hatte Eis und Popcorn mitgebracht.

»Fürs Kino!«, sagte sie lachend und streichelte mit noch sommerbraunen Fingern gedankenverloren über ihre Dienstwaffe. Das Eis drückte er einen Moment lang an seinen verletzten Fuß. Dann schüttelte er sich und wandte sich wieder der Arbeit zu. Er bereute seinen Halbschlaf und suchte jetzt umso angestrengter auf allen sechs Monitoren nach gewaltbereiten Demonstranten. Er sah die Schalterhalle aus vier Winkeln, weitere Kameras waren auf der Passerelle und am Übergang von der Halle zum Ausgang angebracht. Man konnte bis weit über den Platz schauen, auf dem die Tramlinien sich überschnitten, und wenn er nahe genug heranfuhr, erkannte er sogar die Schlagzeilen der Zeitungen. Die Reisenden bewegten sich entschlossen, selbst wenn sie im Kreis liefen, zögerten sie nicht. Manche schienen den sanft klappernden Nachhall ihrer Schuhe zu genießen, den Marotti natürlich nicht hörte. Die Bilder, die er vor sich hatte, waren wie das ungeschnittene Rohmaterial eines quälend langweiligen Experimentalfilms, dessen Regisseur jegliche dramaturgische Vorausplanung für eine unzumutbare Einschränkung hielt und deshalb prinzipiell ablehnte. In einer letzten Anwandlung von Großzügigkeit goss die Septembersonne ihre warmen Strahlen über die, die, je nach Ziel und Herkunft, ermattet oder erfrischt wirkten. Nur dass das Licht, das durch die verglasten Decken auf die Gleise geflutet wurde, auf Marottis Monitor nicht golden, sondern hellgrau schimmerte, anthrazitsilbern, wie das Innenfutter seines feinsten, kaum je getragenen Anzugs. Normalerweise funktionierte die Übertragung in Farbe, aber ausgerechnet heute gab es einen technischen Defekt, dessen Behebung zu lange gedauert hätte. Marotti störte es nicht, er fühlte sich schwarzweiß. Sein Blick blieb an einer Frau hängen, die schon seit einer ganzen Weile auf die Holzvertäfelung an der Wand ihr gegenüber starrte. Darauf befand sich die mäßig gelungene Abbildung eines Alpenpanoramas. Es war kaum vorstellbar, dass sie es derart interessant fand. Mit kerzengeradem Rücken saß sie auf einer glänzenden Metallbank, ohne die Lehne zu berühren, als traue sie ihr nicht. Neben ihr stand eine große Tasche, in der sie eine Hand verschwinden ließ. Sie umklammerte ihren vermutlich Kaffee beinhaltenden Pappbehälter mit der anderen Hand so fest, als sei er ein Haltegriff in einem notbremsenden Zug. Die ganze Zeit ruhte ihr Blick in absoluter Konzentration auf dem Alpenkitsch. Der Hosenanzug sah teuer aus, war ihr aber um die Hüften viel zu weit, sie wirkte darin irgendwie verkleidet. Marotti ermahnte sich. Er wurde nicht dafür bezahlt, grundlos irgendwelche Damen aus der Nähe zu betrachten. Und diese hier war nicht einmal besonders hübsch. Auf einem anderen Monitor konnte er ganz oben links ein Stück der Anzeigetafel erkennen. Die Buchstaben drehten sich schwungvoll, da der zuletzt angezeigte Zug soeben abgefahren war. Die Namen der neuen Stationen klangen bis zur Grenze spitz und einsilbig: *Bern, Thun, Spiez, Visp, Brig*. Dann aber: *Domodossola*. Auf der anderen Seite gönnte man sich, wie zum Ausgleich, fünf Silben für eine einzige Station. Marotti kannte die Strecke auswendig. Unzählige Male war er auf ihr hin- und hergefahren, um Verwandte zu besuchen, die auf der Alpensüdseite in geradezu absurden Mengen vorhanden waren und die er beschlossen hatte zu meiden, da sie Fragen stellten, die er nicht jetzt und vielleicht nie würde beantworten können. Schon fuhr auch dieser Zug wieder ab und die Buchstaben ratterten in neue Konstellationen. Marotti nahm noch eine Schmerztablette und wandte sich den anderen Bildausschnitten zu.

L

Sie hatte Genf abgesagt. Es war das erste Mal in ihrer gesamten Berufslaufbahn, dass sie sich krankmeldete, und es würde nicht leicht werden, noch am selben Tag jemanden zu finden, der völlig unvorbereitet für sie einsprang. Dabei war sie überhaupt nicht krank. Der Regionalzug hatte sie zum Badischen Bahnhof gebracht, von dort war sie umgestiegen und gerannt, um den Anschlusszug am Schweizer Bahnhof nicht zu verpassen. Plötzlich, mitten in einem Schritt, hatte ein wogender Schwindel sie mit einer solchen Wucht überrascht, dass sie sich auf eine Bank setzen und ausruhen musste. Die neue Möglichkeit lag in Form einer kurzen Nachricht zementblockschwer in ihrer Tasche. Sie befühlte ihren Ausweis mit den Fingerspitzen, als sei er ein Gegengift, durch das sie sich ihrer selbst wieder sicher werden könnte. Während der Aufräumarbeiten hatte sie auch einen Pass ihrer Schwester entdeckt und mitgenommen, obwohl es ganz und gar nicht ihrer Art entsprach, unbrauchbar Gewordenes nicht sofort zu entsorgen.

Ihren Namen verdankte sie einem humanoiden Fossilfund, dem über drei Millionen Jahre alten Skelett eines weiblichen Australopithecus afarensis. Ihr Vater, der Archäologe, hatte sich eine Weile damit beschäftigt. Das Skelett wiederum verdankte seine Bezeichnung einem Lied der Beatles. Ihre Mutter hatte darauf bestanden, eine französische Version für die Geburtsurkunde zu wählen. Nicht nur, weil sie selbst Französin war, sondern auch, weil der Name ihr in dieser Form seriöser erschien und das Kind schließlich einmal erwachsen wäre und ernst genommen werden sollte. Ihre Zwillingsschwester Laure kam zehn Minuten später zur Welt. Sie waren keine eineiigen Zwillinge, zum Glück nicht, fand sie. Der einzige Vorteil von genetischer Übereinstimmung bestand ihrer Meinung nach in den wissenschaftlichen Erkenntnissen, die man daraus ziehen konnte. Aber abgesehen davon zeugte es von übertriebenem Geiz, ein und denselben Bauplan gleich für mehrere Personen zu verwenden. Geiz war eine der wenigen schlechten Eigenschaften, die sie nicht besaß. Sie hob sich nichts für später auf. Sie konnte es sich nicht leisten, sich etwas für später aufzuheben. Zumindest hatte sie das bisher geglaubt. Mittlerweile waren es mehrere Bankberater, die gleichzeitig auf sie einredeten, sobald sie eine Filiale betrat. Sie sprachen leise und eindringlich, als sei sie kurz davor, sich von einer Brücke zu stürzen.

»Vertrauen Sie uns!«, flüsterten sie mit schlecht verborgener Panik in den Augen.

»Wir können Ihnen helfen!« Man beschwor sie, man murmelte Formeln, die sich ständig wiederholten, manchmal erinnerte es fast an einen Exorzismus. Sie musste besessen sein. Woran sonst konnte es liegen, dass sich jemand, der so gut verdiente wie sie, in diesen unsicheren Zeiten absichtlich gegen eine Altersvorsorge entschied? Diese Person ließ entweder einen Dämon in ihrer Seele hausen oder sie hatte überzeugende Beweise dafür, dass sie niemals älter werden würde als vierzig.

Neben ihr hatte ein Mann in einem albernen Kostüm Platz genommen. Sie rechnete damit, dass er ihr gleich einen Werbeprospekt in die Hand drücken würde, und nahm Abstand. Er starrte sie an, und sie warf ihm einen Blick zu, der – so hoffte sie – dazu führen würde, dass er gar nicht erst auf die Idee käme, Worte an sie zu richten. Sie wollte allein sein und zuschauen, wie Menschen Bahntickets kauften. Über den historisch holzvertäfelten Billetschaltern befand sich das Panorama irgendeiner Alpenkette. Das Weiß der Gletscher hatte längst seine Unschuld verloren und die Berge sahen müde aus, aber die in langen Schlangen stehenden Kofferträger an den Schaltern darunter wimmelten und drückten sich voran. Es gab nichts Beruhigenderes als Bewegung, als Menschen, die unterwegs waren zu Orten, an denen man sie erwartete, ob mit Freude oder nicht war nebensächlich, aber sie liefen, sie stürmten, sie schleppten sich vorwärts, um sich über Gleise, über Autobahnen oder durch die Luft ziehen zu lassen, und sie genossen es heimlich, auch wenn sie über die Hektik schimpften und jammerten, dass sie nie zur Ruhe kämen. Sie glaubte niemandem, der sich darüber beschwerte. Immer mehr Leute verschlangen neuerdings ihre Beine auf fliederfarbenen Matten, um still sitzen zu lernen, aber sie hatte nie verstanden, warum man nicht weiterging, solange man konnte. Sie versprach sich, gleich wieder aufzustehen, sie wollte nur eine Runde aussetzen, mehr nicht, und dann weiterfahren, wohin auch immer. Das Stück Papier mit den Worten darauf, das sie heute Morgen auf dem Küchentisch ihrer Großmutter gefunden hatte, würde sie einfach wegwerfen und vergessen. Sie konnte damit nicht herumlaufen. Niemand, egal ob tot oder lebendig, hatte das Recht, ihr eine derartige Last aufzuzwingen. Sie reiste mit federleichtem Gepäck, denn sie kaufte, was sie brauchte, und was sie nicht mehr brauchte, ließ sie liegen, wie eine sich häutende Schlange. Sie hatte sich auf der Welt verteilt. Überall befanden sich Spuren ihrer Gleichgültigkeit gegenüber Dingen, die vorübergehend nutzlos geworden waren. Es war ihre Art zu sagen: »Ich war hier.«

S

Vor Jahren hatte der sogenannte *Careers Service* motivierte, gut gelaunte Menschen geschickt, um Simon und den anderen Studenten beizubringen, wie man die Stationen seines Werdegangs bewerbungstauglich zu Papier brachte. Kinoleinwandgroß präsentierte jeder Orientierungshelfer sein eigenes Curriculum Vitae, aus welchem klar und deutlich hervorging, dass die Leidenschaft für den Beruf des Berufsberaters bereits im Kindergarten begonnen hatte. Auch Simons Brüder hatten wunderschöne Lebensläufe: nachvollziehbar, ineinandergreifend, sauber und lückenlos, wie das blendend weiße Modellgebiss, mit dessen Hilfe der Zahnarzt die richtige Putztechnik demonstrierte. Bei ihm dagegen wackelte alles, und zwar von Anfang an. Es gab mehr Löcher als Zahnsubstanz, und selbst diese war längst keiner einheitlichen Spezies mehr zuzuordnen. Das DIN-A4-Blatt seines Lebens musste jedem Arbeitgeber wie eine Aneinanderreihung idiotischer Anwandlungen erscheinen, wie eine unordentliche, zusammenhangslose Liste merkwürdiger Situationen, von denen er meistens selbst nicht mehr genau sagen konnte, wie er in sie hineingeraten war.

Er wusste immerhin noch, dass er sich für die nordenglische Stadt als Studienort entschieden hatte, weil sie Zürich so dermaßen unähnlich war, und dass er geglaubt hatte, Altphilologie müsse das Richtige für ihn sein, weil seine Eltern ihre Stirn so tief runzelten, als er laut darüber nachdachte.

»Wovon willst du dich ernähren?«, fragten sie besorgt.

»Von meinem Millionenerbe«, hatte er etwas zögernd erwidert, woraufhin sein Vater ihm empört den Rücken kehrte und seine Mutter drohte: »Das werden wir sehen!«

Simons Großvater hatte ein Zahnpastaimperium gegründet, das sich nach und nach auch in andere Bereiche ausgedehnt hatte, bis ihnen die Körperteile ausgingen, die man noch mit irgendetwas hätte behandeln, reinigen und pflegen können. Sein Vater hatte eine Möglichkeit gefunden, die Reichweite zu vergrößern, indem er Schmerzmittel und Produkte für die Wiederherstellung der ins Wanken geratenen Psyche mit ins Sortiment nahm. Mittlerweile besaß er einen der größten Pharmakonzerne des Landes, der auch weltweit noch unter den ersten zehn rangierte. Simon dagegen würde aller Wahrscheinlichkeit nach niemals zu den Top Ten von irgendetwas gehören, das man in seiner Familie für erstrebenswert hielt.

In der Arbeiterstadt, die keine mehr war, hatte er gehofft, vor dem Einfluss seiner durch goldene Blisterpackungen geadelten Familie sicher zu sein. Schon immer hatte er sich im toten Winkel ihrer Gruppenfotos am wohlsten gefühlt. An unglamourösen Orten zu leben hieß, seine Verwandten auf Abstand zu halten. Jeder, der die wohlgenährten Ratten bemerkt hatte, die ungestört zwischen den klebrigen Küchen der Studentensiedlung herumliefen, kam so schnell nicht mehr auf die Idee, ihn zu besuchen. Als er mit drei Kommilitonen in ein Haus umzog, gab es immerhin nur noch Nacktschnecken, deren regenbogenfarbige

Schleimspuren man morgens auf den modrigen Teppichböden fand. Heizungen funktionierten in diesen Häusern grundsätzlich nicht, so dass es immer feuchtkalt war und alle leicht nach dem Schimmel rochen, der sich in ihrer Kleidung festgesetzt hatte. Simon hatte seine Ruhe. Aber die Ruhe hatte einen Preis. Es war eine große Herausforderung, sich erst bei Einbruch der Dunkelheit die erste alkoholische Erleichterung zu verschaffen, die einen die feuchte Kälte vergessen ließ und die fünfzehnjährigen Ureinwohnerinnen, die ihre Kleinkinder durch das trostlose Stadtzentrum schoben, immer im Kreis. Simon kaufte sich regelmäßig eine Wochenkarte für das Busunternehmen *Magic Rider*, wartete aber vergeblich auf einen magischen Moment während der Fahrt. Die Strecke von seiner Behausung über den Universitätscampus bis zum Zentrum verlief immer geradeaus, es war möglich, hier zu leben und kein einziges Mal nach links oder rechts abzubiegen. Hinter dem Campus lag Moss Side mit seinen Bandenkriegen, Helikopterrazzien und Messerstechereien, die nur noch die unmittelbar Betroffenen zu interessieren schienen. Das alles nahm Simon in Kauf, solange er glaubte, dem Einflussbereich seiner Familie endgültig entkommen zu sein. Aber kurze Zeit später lief er an einem Zeitungsstand vorbei, und sein großer Bruder lächelte vom Titelblatt eines Wirtschaftsmagazins. Im Hintergrund flatterten die Segel seines gerade erworbenen Bootes.

Einmal hatte Simon im Bus versucht, eine junge Frau zu zeichnen. Sie war bezaubernd gewesen, solange sie verschlafen aus dem Fenster gesehen hatte, ihr zerzauster Kopf kippte immer wieder zur Seite, suchte Halt am eiskalten Glas. Weil sie so müde aussah, machte er sich nicht die Mühe, sich besonders unauffällig zu verhalten, weshalb sie seinen Blick irgendwann wahrnahm und sofort damit begann, eine Verführungsartillerie abzufeuern, die alles, was ihn gereizt hatte, ins Lächerliche zog. Sie fuhr sich übertrieben oft durchs Haar, als habe sie irgendwo gelesen, dass eine solche Fummelei die richtigen Signale sendete, dann wechselte sie die Neigung ihres Kopfes und die Verschlingung ihrer Beine, mal links unten, mal rechts, zerrte an ihrer Strumpfhose und rüttelte ihre Brüste zurecht, während sie ununterbrochen ein fettig glänzendes Zeug auf ihre Lippen schmierte. Als er ausstieg, warf er die Zeichnung zusammen mit der Nummer, die sie ihm zugesteckt hatte, in den nächstgelegenen Mülleimer. Danach hatte er noch mehr darauf geachtet, so wenig wie möglich ins Blickfeld zu geraten. Für einen Mantel, der unsichtbar machte, hätte er einiges getan. Aber auch ein paar Gläser mit Inhalt konnten manchmal helfen, um sich weniger ausgesetzt, weniger außerirdisch zu fühlen. Wenn er abends mit dem Bus nach Hause zurückfuhr und noch nüchtern war, hätte er die Luft anhalten müssen, um es zu bleiben. Auf beiden Decks stiegen hochprozentige Fahnen aus den Mündern derer, die es geschafft hatten, rechtzeitig vor den *last orders* den angestrebten Pegel zu erreichen. Es gab meist keinen Platz mehr zum Festhalten, was aber nicht schlimm war, da man auch bei scharfen Bremsmanövern von fettgepolsterten, beinahe unbekleideten Körpern weich aufgefangen wurde. Simon fand es merkwürdig, dass dieses Manchester, das einmal für seine Textilien weltberühmt gewesen war, mittlerweile selbst im Winter so äußerst sparsam mit ihnen umging. Aber vielleicht wollten die kaum bedeckten Oberweiten an Agricolas Militärlager erinnern, an den Ursprung der Stadt. Die Römer hatten es schließlich *Mamucium* genannt, *brustförmiger Hügel.*

Es war eine graue Zeit, die er teilweise in diversen Pubs und zum anderen Teil in der Bibliothek verbrachte, nicht zuletzt deshalb, weil es dort warm war, und weil das Versinken in den antiken Schriften ihm eine kleine Tür zu sonnigeren Orten bot. Nach Abschluss seines Studiums bekam er durch einen Dozenten und mehr zufällig als durch eigenes Bemühen die Möglichkeit, den Sommer über in Athen zu arbeiten. Er blieb zwei Jahre lang, und was er in dieser Zeit genau tat, war schwer zu beschreiben. Da er sehr sparsam lebte, reichte ihm der magere, zum familiären Wohlstand vollkommen unproportionale Betrag, der von seinem Vater monatlich überwiesen wurde, in der Annahme, sein Sohn arbeite an einer Doktorarbeit über die Einflüsse panathenäischer Preisamphoren auf die römische Vasenmalerei. Nichts dergleichen hatte Simon jemals vorgehabt. Aber er langweilte sich nicht. Langeweile war ihm ein Rätsel. Die Zeit, die sich morgens ausrollte wie ein wallender Teppich, schrumpfte in solch rasender Geschwindigkeit zu einem winzigen Fußabtreter zusammen. Auf dem Markt konnte er Ewigkeiten damit verbringen, zwischen verschiedenen Olivensorten herumzustehen und zu überlegen, wie viele er von welcher Sorte nehmen würde. Oft kam es vor, dass er überhaupt keine nahm, das lange Ansehen stimmte ihn bereits zufrieden. Es ging nicht ums Geld, denn der Markt war ohnehin außerordentlich billig. Er genoss es nur zutiefst, dass niemand ihn zu einer Entscheidung drängte. Das Trinken hatte er hinter sich. Hier brauchte er es nicht zum Warmwerden, und den griechischen Wein fand er ungenießbar. Kurz nach seiner Tätigkeit als Touristenherumführer hatte er sich noch einige Male nach weiteren Arbeitsmöglichkeiten erkundigt. Aber es gab so viele andere, noch viel besser qualifizierte Universitätsabsolventen, mit Lebensläufen, die vor praktischer Erfahrung aus allen Nähten platzten, Leute, die sich darum rissen, vor gelangweilten Menschenmassen ihre Stimmbänder zu strapazieren, und Simon sah einfach kein großes Vergehen darin, nicht mit ihnen mithalten zu können und es noch nicht einmal zu wollen. Er wohnte in Piräus, in einem winzigen, dunklen Zimmer, durch das er aber Zugang zu einer Dachterrasse hatte, die er sich mit den Nachbarn teilte. Simon kam ihnen mehr als seltsam vor, besonders am Anfang, als sein noch kaum vorhandenes Neugriechisch immer wieder durchsetzt war mit antiken Vokabeln, die niemand verstand. Manchmal saß er stundenlang auf der Terrasse und beobachtete, wie um ihn herum Pflanzen bewässert, Kinder ausgeschimpft und Thermosiphonanlagen gewartet wurden. Die wummernden Bässe aus den Autos von der Straße übertönten ab und zu das Dröhnen eines Radios auf dem gegenüberliegenden Balkon, das nur beim Wechseln der Batterien manchmal kurzzeitig verstummte. Simon saß da und freute sich an der staubtrockenen Luft, den strengen, wüstenkargen Hügeln, dem abends sanft abklingenden, tagsüber beinahe brutalen Blau des Himmels.

Die Leute holten ihre Wäsche, in deren Fasern noch die Hitze des Tages hing, sahen ihn und schüttelten den Kopf.

»Du bist jung!«, stellten sie fest, und es war eindeutig ein Vorwurf, dem er, in Ermangelung ausreichender Sprachkenntnisse, nichts entgegenhalten konnte. Möglicherweise lag es aber nicht nur an der Sprache. Überall auf der Welt gab es ähnliche Vorstellungen davon, wie junge Menschen zu sein hatten, nämlich übermütig, wild und abenteuerlustig, getrieben von Ehrgeiz und Arbeitseifer oder wenigstens ständig auf der Suche nach der besten Party der Welt. Auf einem Stuhl zu sitzen, hatte nichts damit zu tun. Selbst dann nicht, wenn er auf seinem Block herumkritzelte und so tat, als würde er zeichnen. Um auszusehen wie jemand, der ein gesellschaftlich gebilligtes Leben führte, begann er nach einer Weile morgens die Linie Eins in Richtung Kifissia zu nehmen. Manchmal blieb er einfach sitzen, manchmal stieg er um, am verwesenden Omonia-Platz oder in Monastiraki, wo Touristenmassen Abbildungen der Athene erstanden, die gleichzeitig als Radiergummi verwendet werden konnten, auch wenn keiner von ihnen mehr einen Bleistift besaß. Nach einer Weile lernte Simon immer besser zu verstehen, worüber sich die Leute um ihn herum unterhielten. Als er beinahe alles verstand, spürte er eine gewisse Enttäuschung darüber, dass es Gespräche waren, die genauso gut in der Tram in Zürich oder im Manchester Magic Bus hätten geführt werden können. Als hätte er heimlich erwartet, dass man sich hier über den Duft der Rosmarinsträucher am Akropolishügel austauschte. Er hatte wohl noch nicht aufgehört zu hoffen, dass es einen Ort auf der Welt gab, an dem die Mehrheit aller Einwohner genauso seltsam war wie er selbst. Es war ein lächerlicher, kindischer Wunsch, aber die Einsicht darüber machte die Enttäuschung nicht leichter. Wenn er in einem Café saß, passierte es nicht selten, dass man ihn anstarrte. Oft waren es Frauen, manchmal auch welche, die er durchaus interessant gefunden hätte. Aber gerade diese erwiesen sich fast immer als unerreichbar. Das Versprechen, das sein Aussehen gab, konnte er nicht halten. Die durch genetischen Zufall entstandene harmonische Anordnung seiner Körperteile verschaffte ihm, der sich von innen heraus beurteilte, keinerlei Selbstsicherheit. Seine Anstrengungen, normal zu erscheinen, erwiesen sich so gut wie immer als vergeblich. Während er umständlich seine Worte abwog, verloren besonders die Frauen oft ihr schnell entflammtes Interesse. Es dauerte einfach viel zu lange, bis er seinen wild ratternden Gehirnmechanismus übersetzen konnte in eine tatsächliche Handlung oder wenigstens in einen ausgesprochenen Satz. Dass er überhaupt schon mit Frauen geschlafen hatte, war hauptsächlich der weiblichen Initiative zu verdanken. Schüchternheit war nicht das richtige Wort dafür, er hatte keine Angst vor Menschen. Aber es war, als sei sein Kopf viel zu oft nicht simultan mit allem anderen. Er dachte zu viel und zu ineffizient. Er war zu langsam.

M

Scheinbar ohne Grund war plötzlich schwarzer Rauch aus der Motorhaube aufgestiegen. Sie hatten es gerade noch zur nächsten Autobahnraststätte geschafft. Während sie auf den Reparaturdienst warteten, zog Irene ihn hinter das Betongebäude, in dem sich der Geruch von altem Frittierfett mit dem penetrant pinienwaldigen Lufterfrischer aus den Toiletten vermischte. Es war still. Der Wind trieb den Lärm der Autobahn davon. Irene zog ihn weiter. Hinter einer Böschung schimmerte ein kleiner türkisfarbener See, dessen Wasser so klar war, dass man jeden einzelnen Kieselstein auf seinem Grund erkennen konnte. Sie drehte sich zu Marotti um. Er sah Triumph in ihren Augen, Stolz und ein kleines bisschen Spott, der für ihn bestimmt war, für ihren Mann, der glaubte, nichts könne ihn enttäuschen, solange er immer mit dem Schlimmsten rechnete.

»Du musst zugeben, dass es schön ist!«, sagte sie und rüttelte an seinem Hemdsärmel.

»Ich gebe es zu«, sagte er und verdrehte die Augen.

»Hättest du gedacht, dass wir ausgerechnet hier einen so schönen See finden?«

»Du!«, erwiderte Marotti.

»Hm?«

»*Du* hast den See gefunden.«

»Völlig egal«, sagte sie und riss sich das Kleid über den Kopf. »Schwimmen müssen wir jetzt trotzdem alle beide.«

Bevor er seine Bedenken äußern konnte, hatte Irene sich rückwärts ins Wasser fallen lassen. Ihre Kraultechnik war grauenvoll.

»Gleiten lassen!«, rief Marotti und schritt am Ufer auf und ab wie ein Bademeister im Schwimmkurs. »Nicht so zappeln!«

Irene stieg aus dem Wasser und ging mit ernstem Blick auf ihn zu. Er hätte wissen müssen, dass sie vorhatte, ihn zu schubsen. Aber er ließ sie. Vielleicht wollte er sogar, dass sie es tat. Von allein wäre er jedenfalls nicht in den See gesprungen. Hinterher saßen sie auf dem heißen Asphalt vor ihrem Wagen, in dessen Motor zwei Herren mit herablassenden Mienen herumfuhrwerkten. Sie hatten erfahren, dass Marotti Polizist war, und konnten nicht fassen, wie wenig er über Autos wusste. Ihrer Meinung nach gehörte das zusammen. Marotti ignorierte das wiederholte Kopfschütteln der Mechaniker und sah Irene von der Seite an. Sie saß mit geschlossenen Augen in der Sonne, und ein letzter Wassertropfen perlte von ihrem Hals ab, um unter dem dünnen Stoff ihres Kleides zu verschwinden. Er kannte es nur aus Filmen, aber so wie Irene stellte er es sich vor: Kalifornien. Alles an ihr war warm und golden, eine Landschaft mit sanften Hügeln, milden Wintern, ohne Angst vor monatelanger Dunkelheit. Sie sah nicht aus wie die berühmten Frauen, die dort residierten, dazu war sie nicht schlank genug, nicht groß genug, waren ihre Zähne nicht weiß genug, nein, sie sah aus wie das Land selbst. Marotti nahm eine lange Haarsträhne, die ihr ins Gesicht hing, und versuchte, sie hinter ihrem Ohr zu befestigen. Sie lächelte. Ihr Haar war schon fast wieder getrocknet und seine Schattierungen zeigten beeindruckend viele Nuancen von Weißgold bis hin zu einem Farbton, der ihn an siebzigprozentige Schokolade erinnerte. Auch ihre Augen waren goldbraun, wie Waldhonig, in starkem Tee aufgelöst. Ihre sonnenhungrige Haut, die feinen, hellen Härchen auf ihren Armen: ein einziger Goldrausch. Und er, der überwältigte Gräber, war zu diesem Zeitpunkt so alt wie sie jetzt.

Marotti schüttelte sich, verbot sich die Fortsetzung jeglicher Erinnerung und bestrafte seine eigene Nachlässigkeit mit einem energischen Kniff in den Oberarm. Er atmete tief und betete zu wem auch immer, dass die Bilder *vor* seinen Augen in der Lage wären, die Bilder *hinter* seinen Augen zu verdrängen. Nachdem er alle Monitore eingehend studiert hatte, kehrte er zur Schalterhalle zurück und entdeckte den Römer. Er ließ seinen Zeigefinger über dem Alarmknopf schweben und rutschte näher an den Bildschirm heran. Die exzentrische Verkleidung ließ vermuten, dass es sich um einen der Aktivisten handelte. Nur, dass das bloße Anlegen eines römischen Brustpanzers an und für sich keine Straftat war. Marotti gab die Entdeckung per Funk an die Kollegen weiter. Er bekam die Anweisung, genau zu beobachten und sofort zu reagieren, falls der Verkleidete sich auffällig benahm. Der Römer hatte sich neben die Frau gesetzt. Er schien sich beobachtet zu fühlen. Immer wieder drehte er verstohlen seinen Kopf hin und her. War das nun schon auffälliges Verhalten? Oder wartete er bloß auf jemanden? Marotti schämte sich mittlerweile nicht mehr dafür, dass er sich wünschte, irgendjemand möge endlich etwas halbwegs Kriminelles tun. Er musste sich beschäftigen, durfte unter keinen Umständen ins Grübeln geraten. Aber der Römer saß einfach nur da, sah sich ab und zu um und hielt sich die Stirn. Ein Abdruck zierte seine linke Wange, als habe er gerade erst das Bett verlassen. Plötzlich drehte er sich ruckartig zur Seite. Marotti zuckte zusammen, seine Nase berührte fast den Bildschirm. Er wollte schon erleichtert den Alarmknopf betätigen, sah dann aber mit großem Erstaunen, dass die Frau auf der Bank, deren eine Hand noch immer tief in ihrer Tasche versunken war, angefangen hatte zu weinen.

S

Seit er aus dem Zug gestiegen war, hatte sich ein merkwürdiges Hochgefühl zwischen seinen hämmernden Schläfen breitgemacht. Es vertrieb die Kopfschmerzen nicht, aber es relativierte sie. Er war entkommen. In eine lächerliche Situation zwar, aber er war frei und für einen kurzen Moment beinahe euphorisch darüber, zum ersten Mal in seinem Leben eine klare Entscheidung getroffen zu haben. Karamellfarbenes Septemberlicht tropfte in dicken Schwaden durch die Glasdecke, und die antikisierten Sandalen waren, im Gegensatz zum Brustpanzer, erstaunlich bequem. Nach einer Weile aber wurde ihm zunehmend bewusst, dass er seit fast vierundzwanzig Stunden nichts mehr gegessen hatte. Er hatte außerdem entsetzlichen Durst, und seine Hände begannen immer stärker zu zittern. Flüssigkeitsmangel und eine sich anbahnende

Übelkeit, die wohl nicht nur auf seinen Hunger zurückzuführen war, zerrten abwechselnd an ihm, wie zwei auf unterschiedliche Untersuchungskommandos abgerichtete Hunde. Er sah sich um. Die Dame neben ihm wirkte auch nicht gerade wie das blühende Leben. Eher wie ein alternder James Bond, dreifach übernächtigt wegen wiederholter Menschheitsrettungsaktionen, der sich allmählich zu fragen begann, ob die Welt es überhaupt verdiente, dass man all die flauschigen Hotelbetten mit den duftenden Kissen und wohlgesinnten Begleitpersonen darin ihretwegen mied. Je länger er die Frau ansah, desto mehr war er davon überzeugt, dass Geheimagentin der einzige Beruf war, der für sie in Frage kam. Sie sah aus wie jemand, der alles wusste und der selbst unter Folter nichts verraten würde. Simon wandte sich blitzschnell ab, aber die Agentin hatte seine durstigen Augen längst bemerkt. Es kümmerte sie nicht. Ihr Blick war furchtlos und unnachgiebig, obwohl sie weinte. Aber was immer es war, das da aus ihren Augen floss, es wirkte seltsam künstlich, ihr Gesicht verzog sich dabei nicht, sie lief nicht rot an, wurde nicht verquollen und unansehnlich, wie es sich für Weinende gehörte. Vielleicht handelte es sich um eine Art Code, vielleicht wollte sie einem Vorbeigehenden etwas signalisieren und durfte keine Worte benutzen. Der Durst klebte so quälend in seiner Kehle, dass er beim Anblick ihrer Tränen nur an das Wasser denken konnte, das dabei vergeudet wurde. Dann stand sie plötzlich auf und ging weg. Ihre Reisetasche hatte sie einfach auf der Bank stehen lassen. Wenn er frei bleiben und trotzdem nicht verdursten wollte, gab es nicht viele andere Möglichkeiten. Mit einer energischen Bewegung riss er den Verschluss auf. Er wollte jubeln, als er die Flasche fand. Aber das Wasser schmeckte salzig, wie alles Wasser, das er seitdem getrunken hatte. Vielleicht war er frei, aber die Verzweiflung hatte er nicht überlistet, sie war mit ihm aus dem Zug gestiegen. Das Meer leerte sich in seinen Mund, und all seine Traurigkeit kehrte zurück.

L

Sie konnte nicht aufhören, ihren Namen zu ertasten. Viel mehr als ihn hatte sie von sich nicht übrig. Die angeblich seriösere Variante hatte sich zwar auf dem Papier durchgesetzt, wurde aber in Wirklichkeit kaum angewandt. Schon im Kindergarten nannte sie sich selbst Lucy, was ihren Vater des Skeletts wegen freute, dem er seine Doktorarbeit gewidmet hatte. *Luz,* sagte das guatemaltekische Au-pair-Mädchen. *Kellerlampe,* spotteten die Kinder in der Grundschule, indem sie ihren Nachnamen mit dem kombinierten, was die Lehrerin ihnen über den Vornamen erklärt hatte. Es war nämlich nicht so, dass sie vorher besonders beliebt gewesen wäre. Man hatte sie schon immer misstrauisch beäugt, aber nach dem Ergebnis wusste man endlich, warum es absolut berechtigt war, sie zu meiden. Dass sie unter ihrem Außenseiterdasein gar nicht besonders zu leiden schien, machte sie nur noch viel unheimlicher. Besonders übel nahm man ihr, dass sie anscheinend unfähig war, Tränenflüssigkeit zu produzieren. Laure weinte zwar auch nur aus Zorn, aber das ließ man durchgehen. Wichtig war, dass es nass wurde in den Augen. Lucy verstand, dass ein Ausdruck von Trauer in vielen Situationen angemessen gewesen wäre, aber je mehr sie den Erwartungsdruck spürte, desto weniger schaffte sie es, ihm zu genügen. Sie weinte nicht. Nicht, als ihre Mutter starb. Nicht, als sie das Ergebnis erfuhr, das von diesem Moment an alles bestimmen würde. Nicht, als ihr Vater, dumm vor Verzweiflung, verreiste und erst Jahre später den Mut fand zurückzukehren. Und auch nicht auf der Beerdigung von Jonas Jäger, der sich, angeblich ihretwegen, ein paar Kilometer vor dem Heitersheimer Bahnhof auf die Gleise gelegt hatte. Nach der Abitursfeier hatten sie ein kleines Techtelmechtel gehabt. Während der darauffolgenden Sommermonate teilten sie sich dieselbe Decke am Badesee, ohne dabei wirkliches Interesse füreinander zu entwickeln. Weshalb es ihr vollkommen absurd vorkam, dass er sich das Leben genommen haben sollte, nur weil sie im September nach Paris gezogen war, um ihre Ausbildung zur Simultandolmetscherin zu beginnen. Bestimmt war es leichter für seine Mutter, sich vorzustellen, dass es eine Erklärung gab, selbst wenn diese, nüchtern betrachtet, eher abwegig war. Lucy hatte vorsichtshalber eine dunkle Sonnenbrille mit auf die Beerdigungsfeier genommen, denn sie hatte vorausgesehen, dass alle Anwesenden auf ihre Augen starren würden. Es war kurz vor Weihnachten und merkwürdig mild.

»Früher lag um diese Zeit schon überall Schnee!«, behaupteten die Leute. Spätestens in zwei Wochen würde früher für immer vorbei sein, denn in Bezug auf regelmäßige Rhythmen und weiße Weihnachten versprach das neue Jahrtausend nicht sehr viel. Ohne Schnee war das Dezemberdunkel umso schwärzer, und Lucys zusätzlich beschattete Augen hatten Mühe, die Grabsteine auf dem Friedhof zu erkennen, um nicht über sie zu stolpern. Sie ärgerte sich über sich selbst, dass sie das Spiel mitspielte und große Trauer vorgab, die sie nicht empfand. Natürlich hatte sie Mitleid mit der Familie. Sie war auch ein bisschen wütend, dass Jonas nicht einmal ein paar Abschiedszeilen hinterlassen hatte und dadurch alle zwang, für immer an ihm herumzurätseln. Vielleicht hatte er geglaubt, durch seinen unerklärlichen Abgang besonders mysteriös und interessant zu wirken. Lucy fand es wichtigtuerisch. Sie war nicht gekommen, um zu trauern. Sie war gekommen, um ihm, wie man sagte, die letzte Ehre zu erweisen, und deshalb trug sie ihren Hosenanzug aus Tweed. Er war neu, maßgeschneidert und hatte sie etwa die Hälfte ihres Erbanteils gekostet. Eine vollkommen wahnsinnige Investition für eine Neunzehnjährige, die neben ihrem Studium Toiletten putzte, um das Zimmer bezahlen zu können, das sie sich mit drei anderen Mädchen teilte. Sie ließ sogar ihre Jacke offen, nur damit man den Anzug sah, sie trug ihn, weil er Würde ausstrahlte, sie trug ihn für ihn, für Jonas Jäger, aus Respekt. Aber die Anwesenden wollten keinen Respekt sehen, sie wollten Tränen. Auf der anschließenden Trauerfeier spürte sie die Feindseligkeit schon beim Betreten des Raumes. Man verstummte, als sei sie der Tod höchstpersönlich, der die Frechheit besaß, nach allem, was er angerichtet hatte, nun auch noch über das Buffet herzufallen. Lucy wunderte sich nicht. Eher noch darüber, dass man sich ausgerechnet für diese Pizzeria entschieden hatte. Sie war muffig und überladen von Italienkitsch aus den sechziger Jahren, vergilbte Gardinen hingen an den Fenstern und aus der hintersten Ecke des Raumes ertönte etwas, das wohl Verdi sein sollte, aber durch den metallischen Klang der billigen Boxen schwerer zu ertragen war als einer dieser besonders extravaganten Klingeltöne. Die Mutter des soeben Beerdigten saß verkrümmt auf einem wackligen Plastikstuhl. Lucy holte zwei Gläser und eine Flasche Pinot Nero. Sie setzte sich neben sie und prostete ihr zu. Nachdem Frau Jäger sie lange und hasserfüllt angestarrt hatte, riss sie ihr mit einer blitzschnellen Bewegung die Brille von der Nase. Darunter fand sie Lucys graue Iris, umgeben von ihrem außergewöhnlich strahlenden Augenweiß, von keiner Träne verwässert, von keinem Rotstich entstellt. Für den Bruchteil einer Sekunde glaubte Lucy, ein Aufflammen von Erleichterung im gelähmten Ausdruck ihres Gegenübers wahrzunehmen, in dem Moment, in dem Frau Jäger von Wut überrollt wurde, und diese Wut ihren bestialischen Schmerz zumindest kurz überdecken konnte. Sie stürzte sich auf Lucy und begann sie zu würgen. Lucy hätte einfach aufstehen und sie abschütteln können, denn die Dame war erheblich kleiner als sie, und besonders viel Kraft hatte sie auch nicht. Aber sie blieb sitzen, weil sie spürte, dass sie ihr dadurch etwas Gutes tun konnte, und wie immer wurde ihr das, was sie selbst als Tugend empfand, als Gefühlskälte ausgelegt. Niemand kam ihr zu Hilfe. Die kleinen, weichen Hände drückten an Lucys Kehle herum und das *Libera me* des Verdi-Requiems schepperte im Hintergrund wie aus einem Leierkasten der Heilsarmee. Das Schlimme war, dass Lucy plötzlich an das Würgen als Erziehungsmethode von Homer Simpson denken musste und ein unübersehbares und völlig unpassendes Grinsen auf ihrem Gesicht explodierte. Wäre Laure nicht in diesem Moment zur Tür hereingetreten, hätten sich womöglich auch die anderen Trauergäste noch auf sie gestürzt. Sanft legte Laure eine Hand auf Frau Jägers Schulter und die andere auf Lucys. Zur Feier des Tages hatte sie die Hände so lange gewaschen, dass nur noch sehr wenig Maschinenöl unter den Nägeln klebte. Frau Jäger ließ von Lucy ab, sie sackte zusammen, ihr Blick hing jetzt an Laures Gesicht, sie nutzte die letzte Gelegenheit, um etwas ungewöhnlich Schönes zu betrachten, bevor sie am späten Abend auf die andere Seite wechselte, zu ihrem Sohn.

Weihnachten verbrachten sie mit Mathilde, ihrer Großmutter, die seit dem Verschwinden des Vaters über die Grenze gekommen war, um sich um die Mädchen zu kümmern. Anfangs hätte sie die beiden lieber zu sich nach Straßburg geholt, aber sie besaß dort nur eine kleine Wohnung, während das Haus zwischen den Markgräfler Weinreben groß und bereits abbezahlt war. Als Laure ihre Lehre als Mechanikerin begonnen hatte und Lucy in Paris studierte, blieb Mathilde trotzdem. Sie hatte sich an das Dorf gewöhnt und wollte vor allem den Garten mit den alten Apfelbäumen nicht mehr missen. Lucy dagegen war sehr froh, als die Ferien vorbei waren und sie nach Paris zurückfahren konnte. Hier, in dieser nüchternen Schweizer Bahnhofshalle, musste sie plötzlich daran denken, was für ein unbeschreibliches Glück es gewesen war, mit neunzehn an der Gare de l'Est aus dem Zug zu steigen. Die düsteren Zukunftsprognosen hatten zu diesem Zeitpunkt bereits keine allzu großen Gefühlsregungen mehr bei ihr hervorgerufen. Sie glaubte, sich vielleicht daran gewöhnt zu haben. Vergänglichkeit und Hässlichkeit, das war normal, vorhersehbar, verlässlich, und mit etwas Übung sogar bis zu einem bestimmten Grad zu ertragen. Womit sie dagegen nicht gerechnet hatte, war das blassblaue Nachmittagslicht, der sandsteingelbe Schimmer der Häuser, der Silberatem der Stadt, der ihr entgegenschlug, als sie an jenem Januartag aus dem Zug stieg. Es zerrte an ihrer Kehle, dass sie kaum Luft bekam. Von diesem Moment an konnte es überall passieren. Nirgends war sie sicher. Auch in den tristesten Städten und in den ödesten Landstrichen waren derartige Überfälle schon vorgekommen. Manchmal waren es Farben oder das Licht in der Dämmerung, oft konnte es auch ein Duft sein, ein Klang oder ein Wort, das ihren Gleichmut unerwartet störte. Noch immer konnte sie sich nicht dagegen wehren, dass die Schönheit sie angriff, sie aushöhlte und niederschmetterte, wie es dem Elend nicht gelang.

M

Die Art, wie sie ihre Tränen wegwischte, hatte etwas Ungeduldiges, als habe sie eigentlich Besseres zu tun, als gehörten die Tränen gar nicht zu ihr, sondern wären völlig unerwartet von der Decke getropft.

Abfällig schüttelte sie die aufgefangene Feuchtigkeit von ihren Händen. Der Römer sah mindestens ebenso verblüfft aus wie Marotti. Am meisten schien sich aber die Frau selbst zu wundern. Sie erhob sich, nahm ein kleines Etui aus ihrer Reisetasche, ließ die Tasche einfach stehen und verschwand. Marotti fluchte. War es doch sie? Er musste sofort jemanden vom Sprengstoffteam schicken. Aber gerade als er Bescheid geben wollte, begann der Römer, die Tasche in seine Richtung zu ziehen. Nachdem er sich noch einmal umgesehen hatte, öffnete er ruckartig den Reißverschluss. Marotti war so verwundert, dass er einfach nur zusah. Der Römer nahm eine Wasserflasche heraus, die er gierig herunterstürzte, ohne ein einziges Mal abzusetzen. Wenige Momente später kam die Frau zurück. Sie verstaute ihre Schminksachen wieder in der Tasche. Wie es aussah, hatte sie nur bessere Lichtverhältnisse gesucht, um ihre verwischte Wimperntusche zu erneuern. Nun saßen die beiden genauso da wie vorher. Anscheinend hatten sie in diesem Leben keine Termine mehr. Sie taten überhaupt nichts, sie telefonierten nicht, unterhielten sich nicht, informierten sich nicht über das Weltgeschehen. Sie starrten einfach nur vor sich hin. Marotti wurde langsam wütend. Er fühlte sich zum Narren gehalten. Die beiden waren nichts weiter als zwei Idioten, die sich zufälligerweise auf dieselbe Bank gesetzt hatten. Aber solange sie nichts Gesetzwidriges taten, hatten sie die Macht, ihn zu einer Untätigkeit zu zwingen, die seine Gedanken in unerwünschte Richtungen trieb. Die Frau stand schon wieder auf. Diesmal hatte sie zumindest den vernünftigen Impuls, ihr Portemonnaie mitzunehmen. Marotti sah, wie sie in Richtung Passerelle verschwand, und glaubte nun nicht mehr an eine Bombe in ihrer unbeaufsichtigt herumstehenden Tasche. Er zwang sich, einen Blick auf die anderen Monitore zu werfen, um festzustellen, dass es auch dort keine verdächtigen Bewegungen gab. Aber niemand benahm sich merkwürdiger als diese beiden. Nach einer Weile kehrte die Frau mit großen Tüten zurück. Sie trug jetzt ein schulterfreies Kleid, das mysteriöserweise nicht an ihren kaum vorhandenen Brüsten herunterrutschte. Trotz ihrer Größe bewegte sie sich mit geradezu katzenhafter Anmut. Sie ließ sich auf der Bank nieder wie auf einem Thron. Ihre Haare hatte sie zu einem seltsamen Gebilde nach oben gebunden. Ein Lichtstrahl beleuchtete ihren Kopf und die himmelwärts gerichtete Frisur. Sie sah aus wie eine angezündete Kerze. Mit einer Hand setzte sie eine Sonnenbrille auf, mit der anderen griff sie in eine der Tüten, um ein Stück Brot abzureißen. Sie nahm auch einen kleinen Bissen von einem Apfel und ein Stück Schokolade sowie ein Löffelchen Joghurt und etwas, das Marotti nicht erkennen konnte. Nachdem sie das meiste probiert hatte, legte sie es wieder zurück. Ihre brillenbeschatteten Augen waren höchstwahrscheinlich zum hölzernen Panorama zurückgekehrt. Der Römer bekam einen sehnsüchtigen Blick. Er rutschte etwas näher in ihre Richtung. Während die Kerze wieder völlig in ihrer Alpenstarre versank und ihr gerade noch offensichtlicher Hunger dabei in Vergessenheit geriet, untersuchte der Römer vorsichtig den Inhalt der Tüten. Blitzschnell nahm er ein Croissant heraus und schob es in den Mund. Er kaute gierig und wandte dabei den Kopf zur anderen Seite, damit sie es nicht sah. Als er das Croissant aufgegessen hatte, drehte er sich noch einmal in Richtung Tüte. Sie nahm die Brille wieder ab und sah plötzlich auf. Ihre Blicke trafen sich. Schuldbewusst rückte er von ihren Einkäufen ab. Marotti sah keine Lippenbewegung und schloss daraus, dass der Römer nicht einmal den Anstand besaß, sein Verhalten entschuldigend zu kommentieren. Sein Glück war wohl, dass er ein ziemlich gut aussehender Mann war, denn die Kerze bemühte sich um ein Lächeln und machte eine großzügige Geste in Richtung der Tüten. Auch ihre Lippen bewegten sich nicht. Nach einem kurzen Moment des Zögerns stürzte sich der Römer wie ein wildes Tier auf die erstandenen Lebensmittel, er aß das Brot auf, die Tomaten, den Käse, den Räucherlachs und schaufelte mit bloßen Händen den Joghurt in seinen Mund, bevor er die Flasche Orangensaft leerte. Marotti schüttelte den Kopf. Der Mann sah nicht aus wie ein Obdachloser. Wieso kaufte er sich nicht selbst etwas zu essen? Marotti bemerkte erst jetzt, wie die vorbeigehenden Passanten die beiden anstarrten. Manche blieben sogar stehen, um sie beobachten zu können, und schienen sich erst loszureißen, wenn sie sonst ihren Zug verpasst hätten. Niemand kam auf die Idee, sich zu ihnen zu setzen oder auch nur dicht neben der Bank stehen zu bleiben. Marotti kratzte sich am Kopf. Womöglich war es eine Art Schauspiel, eine Performance oder wie man das nannte. Seine Nichte Giulia kannte sich damit aus. Vielleicht konnte er sie anrufen. Die Kerze stand wieder auf und ging zur Tafel mit den Abfahrtszeiten, die sie lange und intensiv studierte. Es war nicht möglich zu erkennen, was sie herausfinden wollte, ihr Blick wanderte richtungslos zwischen den Zahlen hin und her. Der Römer achtete nicht auf sie. Erst kramte er erneut in den Einkaufstüten, dann öffnete er ihre Handtasche. Marotti setzte sich aufrecht hin. Schauspiel oder nicht – langsam ging dieser Mann zu weit. Die Kerze war sehr nett zu ihm gewesen, und er hatte nichts Besseres zu tun, als ihre persönlichen Gegenstände zu durchwühlen. Schließlich holte er einen Umschlag aus ihrer Tasche heraus und untersuchte seinen Inhalt.

S

In diesem Jahr war es schon sehr früh sehr heiß geworden, und der Athener Smog klebte schwer und träge zwischen den Hügeln der Stadt. Er hatte von einer Insel gehört, die eine Schnellbootstunde von Piräus entfernt lag, und auf der Autos, Antennen und Leuchtreklamen verboten waren. Aber kaum hatte er sie betreten und wollte sich an der Ruhe und am ungewohnt hohen Sauerstoffgehalt der Luft erfreuen, da bemerkte er ein großes Segelboot mit Schweizer Flagge, das dem seines großen Bruders sehr ähnlich war. Simon sah darin ein Zeichen. Es war Zeit, das Land zu wechseln.

Zwei Wochen später nahm er einen billigen Flug nach Neapel. Er mietete eine kleine Wohnung im Stadtzentrum, die über die Sommermonate frei stand. Schon bei der Ankunft war Simon guter Dinge. Er glaubte, etwas Neues, eine Aufbruchsstimmung, in der bereits am Vormittag schwülheißen Luft wahrzunehmen. Die engen, düsteren Gassen störten ihn nicht, obwohl er dauernd gegen Wäscheständer stieß, ein Meer aus feuchter, billiger Kleidung. Überall türmten sich leere Verpackungen, Zigarettenstummel und Hundekot. Eine tote und in der Hitze schnell verwesende Taube lag vor einem kleinen marmornen Altar wie eine Opfergabe. Einer der Hausaltäre übertraf die anderen durch seine Anzahl an Marienfiguren. Zwölf Abbilder der blaubemantelten Heiligen standen in unterschiedlicher Größe zwischen verblichenen Plastikblumen, Teddybären und Disneyfiguren im Kreis. Gleißendes Licht umrahmte den Vulkan über der Stadt. Als er an einer Bar vorbeischlenderte, bemerkte er das Schild *Cercasi Personale*, und aus einer ihm selbst unerklärlichen, übermütigen Laune heraus ging er in den Laden hinein, um sich vorzustellen. Der junge Mann, der die Theke wischte, sah verwundert zu ihm auf. Er verstand erst nicht, was Simon wollte, da dessen Italienisch seit der Schulzeit nicht mehr in Gebrauch gewesen war.

»Meine Frau ist auch aus Rumänien«, sagte der junge Mann hinter der Theke und bemühte sich dabei um ein deutliches Fernsehitalienisch.

»Aus Rumänien?«, fragte Simon verwirrt.

»Bist du es nicht? Ich dachte … der Akzent …«

Der junge Mann legte den Lappen beiseite, wischte seine Hand am Hosenbein trocken und streckte sie Simon entgegen.

»Federico«, sagte er, »Fede!«

Simon nannte seinen Namen und erwiderte den festen Händedruck.

»Also ich brauche Hilfe bei allem Möglichen. Nichts Aufregendes. Und schlecht bezahlt, selbst für Neapel. Ist besser, ich sage es gleich, oder? Woher kommst du?«

»Aus der Schweiz«, antwortete Simon.

»Natürlich!« Federico lachte ein heiseres Kettenraucherlachen und begann erneut, den Lappen zu betätigen.

Simon griff in seine Tasche und legte das rote Büchlein mit dem Kreuzrelief auf die nach Putzmittel riechende Theke. Stirnrunzelnd klappte Federico es auf und blickte mit zusammengekniffenen Augen zwischen dem Foto und dem Original hin und her.

Dann bemerkte er etwas anderes.

»Wir sind am selben Tag geboren!«, rief er erfreut aus, wurde dann aber sofort wieder ernst.

»Los, verschwinde«, sagte er ungeduldig. »Ich kann keine Verrückten gebrauchen!«

»Warum nicht?«, fragte Simon. »Können Verrückte nicht Kisten tragen, nicht Tische putzen?«

Federico hielt inne und sah Simon erneut an. Schweigend musterte er ihn von oben bis unten, auf der Suche nach einem vertrauenerweckenden Anhaltspunkt. Irgendwann schien er etwas gefunden zu haben. Er reichte Simon den Lappen, feierlich, als sei er kein stinkendes, feuchtes Knäuel, sondern der Friedensnobelpreis.

Federico lebte mit seiner Frau und den zwei Kindern in einer düsteren Wohnung in Sanità. Er hasste Neapel, sah aber keine Möglichkeit, seiner Geburtsstadt den Rücken zu kehren. Wenn Simon auf seinen Spaziergängen von einem schönen, verfallenen Palazzo oder einer prächtigen Kirche beeindruckt worden war und davon erzählte, wurde Federico wütend und führte ihn, so schnell es ging, in die Viertel, in denen die Gassen vor lauter Müll nicht mehr passierbar waren. Er zeigte ihm die architektonischen Überreste des Faschismus. Er machte ihn auf die schwer bewaffneten Soldaten aufmerksam, die paradoxerweise dazu dienen sollten, den Touristen ein Gefühl der Sicherheit zu vermitteln. Aber manche Touristen kamen gerade *wegen* der Camorra. Beziehungsweise aufgrund ihrer glamourösen, romantisierten Darstellung in Hollywoodfilmen, wohl eher nicht wegen der elendigen Wirklichkeit, von der sie höchstwahrscheinlich wenig wussten. In Simons Reiseführer benutzte jemand die Formulierung »Mafia-Charme« im Zusammenhang mit einer bestimmten Gegend. Als Federico sie durch Zufall entdeckte, zerschmetterte er eine Untertasse und spielte mit dem Gedanken, dem Verleger eine charmante Morddrohung zukommen zu lassen.

Trotz allem, und obwohl die Arbeit tatsächlich eintönig und anstrengend war, fühlte Simon sich immer wohler. Er mochte seinen aufbrausenden Arbeitgeber, selbst wenn er ihn jeden Tag zu einer neuen Rechtfertigung zwang, weil er Neapel etwas abgewinnen konnte. Dabei war er nicht blind. Er sah die Probleme, den Dreck, die Ausweglosigkeit, wusste um den verseuchten Müll, der aus ganz Europa herangekarrt wurde, um verbrannt, im Meer versenkt und auf den Feldern verstreut zu werden. Der Tod wohnte im vergifteten Wasser, schlief eine Weile im Krater des Vulkans, um dann umso gewaltiger auszubrechen und die

Stadt an sich zu reißen, eine neue Schicht Vergangenheit zu bilden, oberhalb der knochengefüllten Katakomben mit Opfern von Pest und Cholera, für deren Beerdigung man auf dem Friedhof keinen Platz mehr gefunden hatte. Die Anschlagtafeln für die kürzlich Verstorbenen waren in ganz Italien üblich, aber hier schienen sie drängender, als hätten ihre Umrahmungen ein noch tieferes Schwarz.

Ein paar Wochen später war Federico plötzlich verschwunden. Simon stand vor verschlossenen Türen, als er morgens zur Arbeit erschien. Er beschloss, weiterzureisen, nachdem er unzählige Male angerufen und niemanden erreicht hatte. Seine wenigen Habseligkeiten passten in eine Tasche, die er über die Schulter schwang. Er warf den Wohnungsschlüssel zusammen mit dem Rest der Miete in den dafür vorgesehenen Briefkasten und nahm eine Fähre nach Ischia. Als das Schiff anlegte, ging er einfach immer geradeaus. Es war Mittag, die Insel schlief. Alle Geschäfte, in denen man Terrakottagefäße und regional typische Gewürzmischungen erstehen konnte, waren geschlossen. Eine wütende Hitze stach mit scharfen Nägeln auf alles ein, das es wagte, sich ihr schutzlos auszusetzen. Der Asphalt ergab sich dem Angriff und verschmolz beinahe mit Simons uneleganten Badelatschen. Als er das Gefühl hatte, jeden Moment zu verdunsten, konnte er sich gerade noch rechtzeitig in die marmorne Kühle einer kleinen Kirche retten. Ihre Tür stand etwas offen, wie ein leises Angebot. Er setzte sich auf eine Holzbank und musste warten, bis seine Pupillen sich weit genug geöffnet hatten, um den offenen Sarg sehen zu können, der die sterblichen

Überreste eines Bischofs enthielt. Gefaltete Hände in weißen Handschuhen und darüber Ringe mit großäugigen Edelsteinen an jedem einzelnen Finger. Eine Frau näherte sich mit klappernden Schritten und streichelte die weißen Pantoffeln, deren Sohlen so strahlten, als hätten sie niemals den Boden berührt. Das Gesicht des Bischofs aber war gelb und hart, und die alte Haut hing an den Seiten herunter wie bei einem Leguan. Kurz vor fünf Uhr begannen die Motorroller auf den engen Gassen wieder zu knattern und die Rollläden der Geschäfte wurden knallend geöffnet. Simon stieg auf die Burg, die von einem Felsen aus dem Meer ragte, und verbrachte den Rest des Tages zwischen Aloe-Vera-Sträuchern und Ruinen, die jahrtausendealte Sonnenstrahlen in sich trugen. Später setzte er sich in den wild überwucherten Palmengarten eines Restaurants. Am Stamm einer Pflanze direkt über ihm war ein kleiner Scheinwerfer angebracht, so dass er nach dem Essen noch stundenlang Leute beobachten und auf die Rückseite von Zetteln zeichnen konnte, die er in seiner Tasche fand. Zum Nachtisch bestellte er Eis: Feige, Zitrone und Haselnuss. Er konnte sich nicht erinnern, wann er das letzte Mal so heiter gewesen war, und hatte wohl deshalb völlig vergessen, sich eine Unterkunft zu besorgen. Er überzeugte den Kellner, dass er keinerlei Komfort wollte, obwohl beziehungsweise gerade weil er soeben ein königliches Abendessen genossen hatte. Essen durfte Geld kosten. Der Kellner verstand und empfahl ihm eine billige Absteige in Hafennähe. Auf dem Weg dorthin war Simon so in sich versunken, dass er sie zu spät bemerkte. Sie winkten und grölten und riefen einen

Namen, den er aus ihren Mündern nicht mehr für seinen hielt. Diesmal war es wirklich das Boot seines Bruders.

L

Die nächste Konferenz, für die sie gebucht worden war, fand erst nächste Woche in Straßburg statt. Lucy hatte nicht vor, bis dahin in ihrer winzigen Wohnung in Neuilly herumzusitzen. Der Schwindel war vorüber, und sie konnte nun endlich in Betracht ziehen, diese elende Bank für immer hinter sich zu lassen. Die Abfahrtspläne leuchteten gelb und schienen extra für sie geschrieben. Sie konnte fahren, wohin sie wollte, sie musste sich nur noch entscheiden. Der Mann, der aus irgendeinem Grund noch immer neben ihr saß, schien doch keine Werbeprospekte zu verteilen, aber wozu das Römerkostüm sonst diente, konnte sie sich nicht erklären. Wegen seines offensichtlichen Hungers überließ sie ihm die Einkäufe. Ihren eigenen Appetit hatte sie wie immer überschätzt. Manchmal half ein neuer Stoff, wenn sie sich selbst so zuwider war. Den Hosenanzug hatte sie einfach in der Umkleidekabine liegen lassen, nachdem sie das Etikett des neu erstandenen Kleides entfernt hatte, um es sofort anzuziehen. Seine graublaue Rohseide, die an den Schultern endete, verschaffte ihr einen kleinen Moment der Erleichterung. Kurz überlegte sie, den Zug nach Brüssel zu nehmen, um eine dort ansässige befreundete Kollegin zu überraschen. Dann aber fiel ihr ein, dass ihre Kollegin ein Kind bekommen hatte, und dass sie

Kinder sehr befremdlich fand. Sie überlegte weiter. Es war nicht wichtig, wo sie hinfuhr, aber sie musste sich zwingen, in Bewegung zu bleiben. Es hatte keinen Sinn, darüber nachzudenken, wie es gewesen wäre, nie etwas gewusst zu haben, gelebt zu haben, ohne den Tod in einer Ecke jeden Raumes zu sehen, den sie betrat. Gemocht hatte sie ihn nie, aber sie hatte ihm viel zu verdanken. Ihre Freiheit, ihre Unberührbarkeit, ihre absolute Konzentration. Musste sie nun alles etwas angehen? Würde sie in Banalitäten ertrinken, genau wie alle anderen? Es hatte viel gekostet, sich daran zu gewöhnen. Aber jetzt, da sie es geschafft hatte, hatte jemand, an den sie noch nicht einmal glaubte, aus einer vollkommen undurchschaubaren Laune heraus das Spielbrett vom Tisch gefegt und neue Regeln erfunden, die er ihr nicht und wohl auch sonst niemandem verraten würde.

Vor mehr als zwei Jahrzehnten hatte sie eines sonnigen Nachmittags in einem Türrahmen gestanden und einem Gespräch gelauscht, das nicht für ihre Ohren bestimmt war. Ihre Schwester tobte im Garten herum und prügelte sich mit den Söhnen der Gastgeber. Professor Griese lehrte am Institut für Humangenetik der Freiburger Universität. Er und Max, Lucys Vater, waren seit ihrer Studentenzeit befreundet, obwohl sie nicht dasselbe studiert hatten. Die Kinder machten draußen so viel Lärm, dass die Väter von ihrer Vollzähligkeit ausgingen, davon, dass sich also nicht ausgerechnet das Kind, um das es ging, des köstlichen Holundersirups wegen ins Haus geschlichen hatte und nun leise atmend hinter der halboffenen Tür stand. Im vorigen Jahr war ihre Mutter, Hélène, unverständlicherweise ganz plötzlich und bei scheinbar bester Gesundheit gestorben. Es war schwierig für Griese, seine Aufregung zu verbergen, denn die Sache war aus medizinischer Sicht höchst interessant. Aus Rücksicht auf seinen Freund musste er immer wieder darauf achten, eine angemessene Portion Anteilnahme in seine kaum zu verbergende Neugierde zu mischen.

»Wir werden uns in dem Bereich noch sehr entwickeln«, sagte Griese, weil es immer tröstlich war, die eigene Dummheit als etwas Vorübergehendes und durchaus Überwindbares darzustellen. Er hatte eine Flasche Whiskey entkorkt, obwohl er tagsüber nie trank. Aber in Filmen halfen sich Männer mit hochprozentigen Flüssigkeiten über unangenehme Momente hinweg, und es schien ihnen immer gut zu bekommen. Weil es eine besonders unangenehme Nachricht war, hatte er eine besonders teure Flasche gewählt. Lucy prostete den Männern heimlich zu, als sie mit ihren Gläsern voll träger goldener Flüssigkeit anstießen. Ihr eigenes Glas war milchig weiß und klebrig, das 1:1-Verhältnis von Sirup und Wasser entsprach voll und ganz ihrem Geschmack. Es war plötzlich still. Griese hatte sich ein paar Notizen gemacht, um nicht ins Stocken zu geraten, aber ausgerechnet jetzt erschien ihm die Einführung, die er sich gestern lange überlegt hatte, nicht gelungen. Er würde improvisieren müssen. Max holte Luft. Haben sie es, wollte er fragen, und die Worte donnerten so laut durch seinen Kopf, dass er glaubte, sie nicht aussprechen zu müssen.

»Keller«, begann Griese, denn die beiden nannten sich beim Nachnamen.

»Die Ergebnisse von Laure sind ziemlich eindeutig. Sie hat es nicht geerbt.«

Lucy wusste, worum es ging. Ihre Mutter war Trägerin eines noch fast vollkommen unerforschten genetischen Defekts gewesen. Das Einzige, was man bisher darüber sagen konnte, war, dass es vor dem Ausbruch keine dramatischen Symptome geben musste. Hélène hatte sich etwas unwohl gefühlt, und ein paar Tage später lebte sie nicht mehr. Interessanterweise konnte man die Todesursache nicht genau lokalisieren. Griese hatte eine komplizierte Theorie, aber er wollte sie seinem Freund ersparen. Es gab weltweit nur einen einzigen anderen Arzt, der sich damit beschäftigt und den Gendefekt als solchen erkannt hatte. Seine Forschung war noch nicht besonders weit gediehen, was an der unglaublichen Seltenheit der Krankheit lag. Um genau zu sein, gab es überhaupt nur fünf bekannte Fälle. Erst Monate nach Hélènes Tod und der anfangs unergiebigen Obduktion hatte Griese seine Idee gehabt. Er hatte den Kollegen sofort kontaktiert. Sie hatten lange transatlantische Telefonate geführt und waren dabei in eine Art Wissenschaftsrausch geraten. Sie wussten, dass sie vorsichtig sein mussten, denn das Objekt ihrer Begierde war noch nicht volljährig.

»Lucy«, sagte der Vater tonlos.

»Es tut mir leid«, sagte Griese, und ganz gelogen war das nicht.

Auf der Rückfahrt in ihr Dorf sagte Max kein einziges Wort. Er und Hélène waren hier vor Jahren gelandet, als Teil eines jungen, internationalen Archäologenteams, das sich mit den Überresten römischer

Zivilisation in Südwestdeutschland und Ostfrankreich beschäftigte. Sie hatten den Ort hübsch gefunden, an dem sie die Aufgabe hatten, alten Steinen und zersplitterten Tongefäßen ihre vergessene Bedeutung wiederzugeben. Das Dorf lag genau zwischen ihren beiden Herkunftsorten, diesseits und jenseits der Grenze, und weil der Wein gut war und die Immobilien günstig, waren sie geblieben. Es war nicht wichtig, wo sie lebten, denn sie würden sowieso ständig unterwegs sein, dachten sie. Aber mittlerweile hasste Max das Dorf und wünschte sich immer wieder, in einer gewaltigen, anonymen Menschenmasse zu versinken. Der Wunsch war durch das Untersuchungsergebnis nur gewachsen. Griese hatte versucht, ihm zu erklären, wie es sein konnte, dass eine seiner Töchter etwas mit sich herumtrug, dass sie möglicherweise jederzeit töten konnte, vielleicht nächste Woche, vielleicht erst mit Mitte dreißig, so wie es bei Hélène der Fall gewesen war. Wahrscheinlich, hatte Griese betont, wir wissen noch so gut wie nichts. Aber Max hörte gar nicht mehr zu. Warum ich, hatte er gedacht, obwohl ihm gleichzeitig klar war, dass es hätte heißen sollen: warum sie? Er merkte nicht, dass Lucy ihn im Auto an Schweigsamkeit übertraf. Griese hatte ihm nahegelegt, Lucy, sobald sie volljährig wäre, vor die Wahl zu stellen, ob sie die Wahrheit erfahren wollte oder nicht. Gleichzeitig bat er um das väterliche Einverständnis, sie im Interesse der Forschung weiterhin untersuchen zu dürfen. Dass sich daraus eine Heilungschance ergeben würde, konnte er allerdings nicht versprechen.

Max fand es mehr als ungerecht, dass Hélène ihn in einer derart schwierigen Situation im Stich gelassen hatte. Er fühlte sich nicht imstande, das belastende Wissen ganz allein mit sich herumzutragen. Deshalb teilte er es noch am selben Abend mit dem Eigentümer des Gasthofs Krone, mit dem er hin und wieder Schach spielte. Der Kronenwirt wiederum bestand darauf, dass die, denen er es erzählte, niemandem etwas weitersagten, und wenn sie es doch täten, dann nur mit dem Versprechen, dass der neuerlich Eingeweihte auf jeden Fall den Mund hielt. Weil es ein so ereignisloses Jahr gewesen war, dauerte es keine zwei Tage, bis Lucy auf dem Schulhof gefragt wurde, wann sie denn jetzt stürbe. Laure hatte es kurz vorher auch erfahren, war untröstlich und rasend vor Wut über die Ungerechtigkeit ihrer eigenen Gesundheit und schlug dem Anführer der Gruppe, die Lucy umstellt hatte, ihre Faust mitten ins Gesicht. Er ließ es sich gefallen, weil er in Laure verliebt war, und sie tobte weiter und schrie und verteilte Fußtritte nach allen Seiten. Lucy dagegen behielt ihren kühlen Blick, zuckte mit den Schultern und ging davon, genauso aufrecht und anmutig wie immer. Eine Weile lang hatte sie gern Tänzerin werden wollen, aber ihre Größe machte es unmöglich. Der Vater erschrak, als er merkte, dass sie alles wusste. Das hatte er nicht gewollt. Beinahe noch mehr erschrak er darüber, wie sie damit umging. Es wäre menschlich gewesen, wenn sie nun begonnen hätte, die Schule zu vernachlässigen oder sich irgendwie auffällig zu benehmen. Natürlich konnte er nicht wissen, was sie dachte, aber von außen schien sie sehr ruhig. Die Wände ihres Zimmers waren mit Landkarten bedeckt, und sie träumte von langen Reisen, deren Routen sie mit rosa Textmarker quer durch die Kontinente zog. Sie wurde nicht schlechter in der Schule, sondern besser. Sie fing an, sich selbst Sprachen beizubringen und, weil es ihr so leicht fiel, gleich mehrere auf einmal. Max war verwirrt und verzweifelt, er konnte nicht anders, als sich selbst zu bedauern, und damit er sich nicht ständig dafür schämen musste, beschloss er, mit einem Kollegen ein Projekt in die Wege zu leiten, das dazu führte, dass er nur noch unterwegs war. Irgendwann rief er auch nicht mehr an. Er verschwand langsam, aber endgültig, und Mathilde, Hélènes Mutter, die seinen Posten übernommen hatte, hielt seine Rückkehr für ausgeschlossen.

Lucy war nicht lange wütend, aber verzeihen würde sie ihrem Vater nicht. Laure dagegen war grundsätzlich versöhnungsbereit, aber ihre Wut würde ihr Leben lang andauern. So war es immer gewesen. Allerdings hatte Lucy in letzter Zeit oft den Eindruck, dass sich etwas von Laures leicht explodierendem Zorn auf sie übertragen haben musste, dass sie, ohne Absicht, einige der impulsiven Merkmale ihrer Schwester übernommen hatte, damit sie auf der Welt nicht fehlten. Als sie sich umdrehte, sah Lucy eine Gelegenheit, ihre neue Fähigkeit anzuwenden. Der Verkleidete hatte die Nachricht aus ihrer Tasche geholt.

M

Der Römer hielt den Umschlag in der Hand, als die Kerze sich von der Tafel abwandte, um wieder zurückzukommen. Sie stürzte sich auf ihn und riss den Brief an sich. Auch wenn Marotti nur ihren Rücken sah, wusste er, dass sie schrie. Ihre freiliegenden Schultern bewegten sich so auf und ab, wie Schultern es nur taten, wenn der, dem sie gehörten, wutgeladene Luft aus den Lungen hervorstieß. Der Römer hielt sich den Kopf und die Ohren. Er rückte von ihr ab und massierte seine Stirn. Sie setzte sich wieder, nahm ihre Tasche auf den Schoß und wiegte sie eng umschlungen, als wäre sie kein Lederbeutel, sondern ein weinendes Kind. Der Römer machte keine Anstalten, sich zu entschuldigen. Was für ein Windhund, dachte Marotti. Andererseits: Wieso ließ sie immer alles herumliegen? Verstand sie nicht den Unterschied zwischen einer Bahnhofshalle und ihrem Wohnzimmer? Er zuckte zusammen, als sich die Hand der Kollegin auf seiner Schulter niederließ.

»Du meldest dich gar nicht«, sagte sie beinahe vorwurfsvoll.

»Passiert nichts!«, entgegnete Marotti, schüttelte die Hand irritiert ab und deutete auf die Monitore.

»Ja, aber musst du nicht mal aufs Klo?«, fragte sie. »Ich kann dich doch ablösen!«

Marotti erhob sich schwerfällig, die Kollegin stellte eine Flasche Wasser und ein Sandwich für ihn auf den Tisch. Er warf einen letzten Blick auf die Kerze, die den Römer hasserfüllt anstarrte.

Jemand hatte einen Asterixband neben die Toiletten gelegt. Während Marotti ihn durchblätterte, fiel ihm auf, dass das, was sein Römer da draußen trug, keine gewöhnliche Legionärsmontur war. Sein Römer trug einen viel aufwändiger verzierten Brustpanzer, er war wohl eher ein Zenturio, ein Feldherr, Cäsar vielleicht oder Mark Anton. Plötzlich hatte er Angst, die beiden könnten verschwunden sein, während er auf der Toilette saß. So schnell es ging, humpelte Marotti zurück in den Überwachungsraum. Die Kollegin war überrascht, dass er eine längere Pause ablehnte. »Wo ist er?«, rief Marotti, seine Befürchtung bestätigt findend, als die Kollegin schon fast aus der Tür war.

»Wer?«, fragte sie.

»Mark Anton!«

Fieberhaft suchte Marotti ihn auf allen Monitoren. Er saß nicht mehr auf der Bank, und sonst war er auch nirgends zu sehen.

»Der Mann mit dem Brustpanzer! Er saß gerade noch da, wo ist er hingegangen? Hast du nicht aufgepasst?«

»Doch, natürlich«, erwiderte die Kollegin. »Er ist eben weggegangen. Vielleicht musste er auch mal. Oder er hat den Zug genommen. Woher soll ich denn wissen ...«

»Schon gut!«, unterbrach Marotti ungeduldig. Schulterzuckend verließ die Kollegin den Raum. Sie hatte nur nett sein wollen, aber das wusste hier selten jemand zu schätzen. Wenn er keine Ablösung wollte, konnte sie ebenso gut nach draußen gehen und das letzte Licht der milden Spätsommersonne genießen.

»Ruf mich an, wenn du genug hast«, sagte sie, bevor sie die Tür schloss. Marotti hörte sie gar nicht mehr. Er ärgerte sich über den Verlust von Mark Anton. Selbst wenn er ein Windhund war und ohne Manieren. Es war halb sechs Uhr abends, und die Kerze saß noch immer an der Stelle, an der sie sich am Vormittag niedergelassen hatte.

S

Die Übelkeit verschwand nicht, nachdem er seinen Hunger gestillt hatte. Sie kam und ging in wellenförmigen Bewegungen. Die Agentin, die plötzlich ein Kleid trug, durchsiebte ihn mit ihrem stechenden grauen Blick. Er hatte nicht vorgehabt, in ihrer Tasche zu wühlen. Es war ein unüberlegtes Manöver gewesen, eine Ablenkung von der Kindergruppe, die in diesem Moment laut johlend durch den Bahnhof gerannt war, und über die er nicht nachdenken wollte. Dass sie zwei Ausweise besaß, hatte ihn nicht verwundert. Er hätte eher noch einen dritten erwartet. Ihr Wutausbruch dagegen überraschte ihn durch seine Heftigkeit. In diesem zerknitterten Umschlag schien sich etwas wirklich Wichtiges zu befinden. Die Lautstärke, in der sie herumschrie, war unangenehm für seinen Kopf, aber ihre Wortwahl hatte ihn beinahe amüsiert. Sie fluchte akzentfrei auf fünf europäischen Sprachen, bot ihm ein internationales Verwünschungskonzert. Simon überlegte eine

Weile, was er zu seiner Verteidigung sagen konnte, aber bevor ihm etwas einfiel, wurde der Brechreiz stärker als alles andere. Er sprang auf und stürzte aus dem Bahnhofsgebäude, denn er hatte keine Lust, sich vor den Augen der Agentin zu übergeben. Draußen entleerte er seinen Mageninhalt in eine Mülltonne. Die Obdachlosen, die in der Nähe saßen, blickten angewidert weg. Auch als längst nichts mehr übrig war, wurde er weiterhin von Krämpfen geschüttelt, die das letzte bisschen Flüssigkeit aus ihm herauspressen wollten. Danach konnte er nicht mehr aufrecht stehen. Ein samtschwarzer Schleier umrahmte sein Blickfeld, und der Schweiß, der sich unter dem Brustpanzer gebildet hatte, wurde kalt und ließ ihn zittern. Es war früher Abend, und die Nacht würde nicht mehr lau werden, wie sie es noch vor zwei Wochen gewesen war. Er saß im Schneidersitz an eine Mauer des Bahnhofsgebäudes gelehnt und wusste nicht, worauf er hoffen sollte. Die Trambahnen knirschten in ihren Schienen, wenn sie in eine Kurve fuhren. Schritte klapperten um ihn herum, und die Leute starrten ihn immer noch an, das spürte er selbst mit geschlossenen Augen. Er konnte es ihnen kaum verübeln. Auch er hätte einen Typen angestarrt, der wie ein römischer Feldherr gekleidet war und in eine Mülltonne kotzte. Ein Sekundenschlaf verschaffte ihm einen kleinen Moment der Gnade, aber er wachte sofort auf, als ihn etwas Hartes am Unterschenkel traf. Jemand hatte eine Münze in seine Richtung geworfen. Es war ein Zwei-Franken-Stück. Ein gutes Zeichen, beschloss er, wenn er auch nicht wirklich wusste, wofür. Taumelnd stand er auf, um im Bahnhofssupermarkt herauszufinden, was er für das ihm unerwartet zuteil gewordene Vermögen erwerben konnte. Er wollte der Agentin ein Geschenk kaufen. Irgendetwas Kleines, um sich zu entschuldigen und um sich für ihre Großzügigkeit zu bedanken, aber in der vorgegebenen Preiskategorie war die Auswahl nicht gerade überwältigend. Vor dem Regal mit der Zahnpasta blieb er stehen, weil er sich danach sehnte, den üblen Geschmack in seinem Mund loszuwerden. Wenn er sich an die Marke hielt, die seinem Großvater gehörte, war es doch eigentlich kein Diebstahl. Um Missverständnisse zu vermeiden, würde er die Tube im Laden stehen lassen. Nachdem niemand bemerkt hatte, dass er sich an ihr bediente, hatte er den Mut, auch das Mundwasser zu benutzen, das ebenfalls seiner Familie väterlicherseits zuzuordnen war. Simon leerte die halbe Flasche des nach Minze schmeckenden Alkohols, der wohlig auf seiner Zunge brannte. Dabei redete er sich ein, dass er keine Wahl hatte, als zu schlucken und dass es keine Absicht gewesen sei, dass er das hochprozentige Mundwasser benutzt hatte, und nicht die daneben stehende alkoholfreie Alternative. Vor dem Supermarkt entdeckte er einen Blumenstand und hielt erneut Ausschau nach etwas, das er der Agentin mitbringen konnte. Den blühenden Lavendel fand er sehr passend, auch wegen seiner beruhigenden Wirkung. Er wirbelte das Geldstück zwischen seinen Fingern herum und ahnte, dass es absolut nicht reichen würde.

L

Lucy wusste noch immer nicht, wohin sie sollte. Also blieb sie. Um die Stunden zu füllen, die ungeachtet ihrer mangelnden Entscheidungskraft vergingen, hatte sie sich etwas zum Lesen geholt. Sie mochte Zeitungen aus Papier, weil man sich so gut hinter ihnen verstecken konnte, las sie aber eigentlich nur, weil sie aus beruflichen Gründen dazu verpflichtet war. Obwohl sie ständig auf Reisen war und einflussreichen Politikern half, sich verständlich zu machen, hielt sich ihr persönliches Interesse am Weltgeschehen ziemlich in Grenzen. Laure war das Verbindungsglied zwischen ihr und der Welt gewesen, denn im Gegensatz zu Lucy fühlte sie sich verantwortlich für ihre unmittelbare Umgebung und darüber hinaus. Ihr radikaler Gerechtigkeitssinn hatte sie schon oft in gefährliche Situationen gebracht, aber sie wusste, was richtig und falsch war, und die Distanz, die Lucy zwischen sich und allem anderen aufgebaut hatte, fand sie unverständlich, wenn nicht gar verwerflich. Trotzdem beschützte sie Lucy so gut es ging vor den Leuten, die über sie herzogen. Laure war beliebt, ohne dass sie es darauf angelegt hatte, im Gegenteil, sie benahm sich oft aggressiv und launisch, aber man mochte sie, egal wie sehr sie sich wehrte. Sie war ungewöhnlich und unübersehbar schön, selbst wenn sie sich große Mühe gab, es zu verbergen. Dass sie darüber hinaus auch noch gesund war, war einfach nicht gerecht. Zwischen Lucy und der Welt zu vermitteln war das Mindeste, was sie tun konnte. Während Laure an Autos herumschraubte, obwohl sie durchaus auch hätte studieren können, besuchte Lucy eine renommierte Übersetzerschule. Bereits nach wenigen Monaten hatten Lucys außergewöhnliche Schnelligkeit und extreme Konzentrationsfähigkeit ihr einen gewissen Ruf eingebracht. Deshalb bekam sie die Gelegenheit, schon zu Beginn ihres Studiums ein Praktikum in New York zu machen, von dem selbst Absolventen oft nur träumten. Das Praktikum war wie gewöhnlich schlecht bezahlt, aber immerhin beinhaltete es die kostenlose Unterkunft in einem winzigen Studio Apartment in Manhattan. An einem ihrer seltenen freien Tage merkte Lucy, dass sie nichts Sauberes mehr zum Anziehen hatte und ging mit einer riesigen blauen Plastiktüte über der Schulter zum Waschsalon auf der gegenüberliegenden Straßenseite. Sie hatte keine Lust, dort zu warten, weshalb sie ihre wirbelnde Wäsche allein ließ und in der Wohnung einen Kaffee aufsetzte. Ihre Schwester rief an. Sie klang sehr aufgeregt und fragte, was passiert sei. Lucy verstand nicht, worum es ging. Auf Laures Drängen schaltete sie den Nachrichtenkanal ein. Plötzlich war der Blick aus dem Fenster mit dem Bild auf dem Fernseher simultan. Den Einsturz des zweiten Turmes sah sie doppelt. Laures entsetzte Flüche, ihre Äußerungen von Mitgefühl und Unverständnis drangen in einem minutenlangen Schwall westwärts über den Atlantik, bis Lucy sie unterbrach und sagte, sie habe einen Termin. Sie ging nach unten, über die Straße. Ihre Wäsche war fertig.

S

Wären sie doch nur Monster gewesen, gierige, rücksichtslose, stumpfsinnige Bösewichte, denen schon frühmorgens der Kaviar die fetten Wangen hinunterlief. Es hätte es einfach gemacht, sie zu verabscheuen. Aber leider waren sie reich, ohne widerwärtig zu sein. Das Segelboot seines Bruders war ein historisches Modell, das aufwändig restauriert worden war. Es wirkte eher rührend als angeberisch, nicht wie eine dieser obszönen Yachten, die durch ihre unbeschreibliche Geschmacklosigkeit auffielen, noch bevor man an ihren Preis denken konnte. Keiner seiner beiden großen Brüder verspürte ein Bedürfnis danach, seinen Wohlstand auf vulgäre Art und Weise öffentlich sichtbar zu machen, und seine Eltern investierten lieber Unsummen in Gemälde, Skulpturen und alles, was sie allgemein als »Kultur« bezeichneten. Das bedeutete zwar nicht, dass sie es begrüßt hätten, wenn einer ihrer Söhne von der Seite der Kunstförderer auf die der Hersteller gewechselt wäre. Aber es bedeutete, dass Geld, zumindest theoretisch, nicht das Einzige war, das sie respektierten.

Als Simon merkte, dass es zu spät war, um sich zu verstecken, ging er zögernd in ihre Richtung. Es waren nicht nur seine Brüder, die johlten und nach ihm riefen, sondern auch deren Freundinnen und sogar Simons Vater, Franz. Wie sich später herausstellte, war seine Mutter in der Schweiz geblieben, um sich um eine Wohltätigkeitsveranstaltung zu kümmern. Die

Mannschaft stürmte von Deck, um ihn zu umarmen. Ihre Herzlichkeit beschämte ihn. Er hatte sich so gut wie nie gemeldet.

»Wir fahren morgen früh weiter«, sagte sein Vater, »kommst du mit?«

Bevor er widersprechen konnte, hatte sein ältester Bruder ihm die Tasche abgenommen und an Deck abgestellt.

»Du kommst mit«, beschloss er, »wir haben noch Platz.«

Simon wollte einwenden, er habe eine Arbeit, er würde erwartet, aber er hatte zu lange gewartet, um überzeugend zu klingen. Außerdem würde er bald wieder Geld brauchen, und vielleicht war es deshalb nicht dumm, seinen Vater mit seiner Anwesenheit zu beglücken.

Am nächsten Morgen fuhren sie durch rosa gefärbte Wellen in Richtung Süden. Simon verstand nichts vom Segeln. Glücklicherweise erwartete aber auch niemand von ihm, dass er sich in irgendeiner Weise nützlich machte. Die Freundinnen seiner Brüder schlichen um ihn herum und warfen ihm seltsame Blicke zu. Er hatte große Mühe, sie zu unterscheiden, weil sie beide dunkles, glattes Haar und blaue Augen hatten, sie kleideten sich ähnlich, und dann hießen sie auch noch Alina und Annina. Alina war die neue Freundin von Florian, dem Ältesten, und Annina war schon seit ihrer Studienzeit mit Felix, dem Mittleren, zusammen. Sie arbeiteten in verschiedenen Fachbereichen, waren aber alle vier Juristen. Franz hatte nichts gegen Juristen. Trotzdem wollte er sich ungern von der Vorstellung verabschieden, dass einer seiner Söhne eines Tages das Unternehmen weiterführen würde. Sein jüngster Sohn kam natürlich nicht in Frage. Niemand wusste, was wirklich in Simons Kopf vorging, aber dass man ihn nicht für pharmazeutische Produkte begeistern konnte – vor allem nicht für ihre Herstellung –, das war schon ziemlich früh ziemlich eindeutig gewesen. Felix und Florian waren in verschiedenen Wirtschaftsgroßkanzleien tätig, Florian sogar schon als Partner. Sie hatten das letzte Jahr ohne Unterbrechung durchgearbeitet und ermutigten sich gegenseitig, ihre Kommunikationsgeräte während dieser zwei Urlaubswochen täglich nur eine Stunde lang anzuschalten. Tagsüber segelten sie und abends legten sie an, um sich die schwankenden Beine auf dem Festland zu vertreten, zu Abend zu essen, und um hin und wieder in einem Hotel zu übernachten, wo man mehr Privatsphäre hatte als auf dem Boot. Ab vier Uhr nachmittags, wenn die Sonne nicht mehr ganz so heftig brannte, begannen Alina und Annina sich in ihren Bikinis zu räkeln. Simon saß auf einem durchhängenden Klappstuhl, auf dem aus irgendeinem Grund *Assistant Director* stand. Er hatte ein Fernglas seines Vaters geliehen, mit dem er kilometerweit über das Meer sehen konnte, und versuchte einen Namen für jedes neue Blau zu finden, das er im Laufe des Tages entdeckte. In der Nacht zuvor hatten sie auf Sizilien Halt gemacht, und Simon rechnete jeden Moment mit dem Auftauchen der afrikanischen Küste. Er spürte, dass Alina und Annina ihn schon wieder verstohlen musterten. Die schwarze Ummantelung des Fernglases hatte sich so sehr aufgeheizt, dass Simon es nach einer Weile zum Auskühlen in den Schatten stellte. Dabei fing er einen ihrer Blicke auf. Alina oder Annina schaute schnell zur Seite. Die Vertiefung der Rotnuance ihres Gesichts war nicht allein der Hitze zuzuschreiben. Welche auch immer der beiden es war, sie nahm einen hastigen Zug aus ihrer Wasserflasche, verschluckte sich und konnte gar nicht mehr aufhören zu husten. Simon sah sie noch immer fragend an, er verstand nicht, was er jetzt schon wieder getan hatte, um die Leute um ihn herum zu befremden. Er kam gar nicht auf die Idee, dass sie ihn keinesfalls deshalb anstarrten, um sich später in ihren Hotelzimmern über ihn lustig zu machen.

»Du machst viel Sport, oder?«, fragte diejenige, die gerade nicht hustete.

Felix hatte sich unbemerkt dazugestellt. Er hatte die Frage gehört und lachte laut auf. Alina und Annina drehten sich erschrocken nach ihm um. Er hielt beiden Frauen zwei kalte Flaschen Limonade hin und boxte Simon scherzhaft in die Seite.

»Flirtet ihr mit meinem kleinen Bruder? Natürlich macht der viel Sport, der hat ja auch Zeit. Hast doch nichts zu tun, oder, Simon? Außer deiner Doktorarbeit über Vasen. Oder Scherben von Vasen, wie war das?«

Franz und Florian riefen nach Felix, und dieser entfernte sich lachend. Alina oder Annina öffnete ihre Limo, während die andere versuchte, sich mit der Flasche den Nacken zu kühlen. Sie hefteten die Augen mit aller Kraft auf ihre Lektüre, auch wenn die Buchstaben sich wehrten, sich nur äußerst widerwillig zusammensetzen ließen. Simon nahm das Fernglas wieder aus dem Schatten. Der Wind war etwas stärker geworden und zerwirbelte das Wasser, bis es schäumte. Hinter einem Wellenkamm bemerkte Simon plötzlich eine seltsame Farbe. Es war ein kleiner Punkt, der nicht blau war, sondern eher violett. Die Wellen trieben ihn in Richtung des Segelboots. Simon stand auf, um besser sehen zu können. Was er sah, änderte alles.

M

Die Wahrscheinlichkeit, dass es sich bei dem bunten Drohbrief um einen Scherz gehandelt hatte, war mittlerweile sehr groß. Die Randalemacher hielten sich nicht an Termine, nicht einmal an die, die sie selbst vorgaben. Marotti entschied sich jedoch, trotzdem sitzen zu bleiben. Er war mittlerweile wie betäubt von den Schmerzmitteln, die er seit drei Tagen mit einer solchen Regelmäßigkeit einnahm, dass er nicht einmal sagen konnte, ob die Verletzung überhaupt noch wehtat. Warum manche Menschen sich dafür entschieden, Schmerzen auszuhalten, war ihm vollkommen rätselhaft. Er hielt sich für einen maßvollen Menschen. Er trank kaum, er rauchte nicht, er aß Unmengen von Gemüse. Aber Schmerzen sah er nicht ein. Daran hatte auch ihre Nachricht nichts ändern können. War es wirklich erst vor drei Tagen passiert? Er wickelte seinen Verband auf, um die Wunde zu begutachten. Angewidert strich er Salbe auf die dunkelrot angelaufene Haut, auf der sich vom großen Zeh bis zum Unterschenkel große Brandblasen gebildet hatten. Er bedeckte alles mit frischer Gaze und einem neuen Verband. Das Radio war schuld. Er hatte es laut gestellt, um den Dunstabzug in der Küche zu übertönen, und hatte deswegen das Telefon nicht gehört. Als die Nudeln den perfekten Weichheitsgrad erreicht hatten, hatte er das Radio ausgeschaltet, um auf der Terrasse zu Abend zu essen. Er stand vor der Spüle, bereit, das Wasser abzugießen. In diesem Moment hörte er ihre Stimme im Wohnzimmer. Sie sagte zwei Sätze und wartete. Es dauerte etwas, bis er begriff, dass es sich um den Anrufbeantworter handelte, dann erst registrierte er, was sie gesagt hatte, und stürzte in Richtung Telefon, um sie noch zu erwischen. Dabei vergaß er für eine Sekunde die Pasta mit ihrer richtigen Konsistenz. Der Topf kippte um und ergoss sich auf seinem Fuß und seiner Hose, die sich vollsog mit fast noch kochendem Wasser. Sie hatte noch immer nicht aufgelegt, sondern wartete und atmete leise. Sie wartete, als könne auch alles noch anders werden, und er stieß einen gellenden Schrei aus und versuchte trotz höllischer Schmerzen noch rechtzeitig zum Telefon zu gelangen, aber als er im Wohnzimmer war, ertönte das kurze hektische Tuten, das bedeutete, dass sie aufgelegt hatte, und dieses Geräusch – es gab kein grausameres. Wenigstens war es jetzt still. Marotti stützte den Kopf in die Hände und gab sich für einige Minuten seiner dunklen Schläfrigkeit hin. Dass er in diesem Zustand nach Hause ging, war völlig ausgeschlossen. Als er die Augen wieder öffnete, entdeckte er Mark Anton auf dem Vorplatz. Marotti wunderte sich selbst über die Freude, die er darüber empfand. Er rückte seinen Stuhl zurecht und beobachtete zufrieden, wie Mark Anton zu ihm zurückkehrte, indem er den Bahnhofssupermarkt betrat. Er schritt gemächlich durch die Reihen, aufrecht und erhobenen Hauptes, als würde er nur nach dem Rechten sehen. Aus irgendeinem Grund ärgerte es Marotti plötzlich, dass er nicht wusste, ob der Brustpanzer aus Gold war oder aus Silber. Mark Anton blieb stehen, um das Regal mit den Zahnhygieneartikeln eingehend zu begutachten. Auf dem anderen Monitor saß die Kerze noch immer auf ihrer Bank. Immerhin hatte sie begonnen, Zeitung zu lesen. Es waren sogar mehrere Zeitungen gleichzeitig, die sie abwechselnd las, genau wie bei den Lebensmitteln, die sie am Nachmittag gekauft hatte, um von allem einen Bissen zu nehmen und es dann damit gut sein zu lassen. Ein Löffelchen *Zeit*, ein Häppchen vom *Guardian*, ein winziges Stück der *Monde diplomatique* und ein Hauch *Repubblica*, gewürzt mit *NZZ*. Kein Wunder, dass sie so dünn war.

L

Vorgestern, nach der Beerdigung ihrer Großmutter, war sie so lange über die Felder spaziert, bis es dämmerte und die Saatkrähen nicht mehr von den Erdklumpen zu unterscheiden waren. Das Ausräumen hatte sie in den Tagen zuvor beinahe vollständig erledigt, nur die Küche musste noch leer werden, damit das Haus renoviert und verkauft werden konnte. Als Lucy eintrat, fröstelte sie. Jeder ihrer vorsichtigen Schritte wurde mit einem Knarzen des schief getretenen Parketts erwidert. In der Küche legte sie ihre leichte Tasche auf den Tisch und versuchte einen Tee zu machen, ohne das Licht einzuschalten. Die feuchten

Holzbalken, die die Decke stützten, fühlten sich an, als seien sie der Aufgabe kaum noch gewachsen. Lucy öffnete das Fenster und ließ den mostigen Dunst des benachbarten Weinguts hinein. Sie mochte den Geruch. Mathilde war siebenundneunzig geworden und hatte nicht lange leiden müssen, bevor sie zu Hause, umsorgt von den Nachbarn, die sich rührend um sie gekümmert hatten, gestorben war. Von ihrem Bett aus konnte sie in den Garten sehen und einen letzten Blick auf die schwer mit Früchten beladenen Apfelbäume werfen. Ihre noch lebenden Freunde und Verwandten waren von überallher angereist, um sich unter einem blaugoldenen Septemberhimmel von ihr zu verabschieden. Man legte Sonnenblumen auf ihren Sarg, weil sie Rosen aus irgendeinem Grund nie hatte leiden können. Sie hatte sie sogar ausdrücklich verboten. Die Dunkelheit schluckte Lucys müdes Lächeln. Ein Bilderbuchtod. Das Wasser begann zu brodeln. Nachdem sie eine Weile vergeblich nach einer Tasse getastet hatte, machte sie schließlich doch das Licht an. Sie hörte Schritte am Ende des Flurs und erschrak kurz. Dann wusste sie, dass es ihr Vater war.

Einige Jahre zuvor, anlässlich des neunundzwanzigsten Geburtstags seiner Töchter, hatte er plötzlich beschlossen, sich bei ihnen zu melden. Er freute sich sehr, dass es beiden gut ging, hatte aber offensichtlich nicht damit gerechnet, dass Lucy und Laure keine Lust haben würden, ihn und seine neue Familie in Melbourne zu besuchen. Als sie seine Einladung abschlugen, gab er sofort auf. Von Laures Unfall erfuhr er erst Monate später. Sie war in einem Auto, das sie zuvor höchstpersönlich repariert hatte, das Höllental im Schwarzwald hinuntergefahren. Ein übernächtigter LKW-Fahrer, dessen Körper schon nicht mehr auf Aufputschmittel reagierte, schlief ein und träumte von einem Möbeleinrichtungshaus, in dem er sich mit seiner Frau über die Farbwahl eines Bezuges stritt. Es war ein banaler Traum, aber ausgerechnet derjenige, aus dem er nie wieder erwachen würde. Der Lastwagen geriet in einer Kurve ins Schleudern, das Vorderteil krachte in einen Felsen, während die Ladung mit dem Düngemittel über die Leitplanke kippte und dabei das Auto, in dem Laure saß, mit sich riss. Beim Aufprall in der Schlucht entzündete sich das Ammoniumnitrat, so dass es nicht viel gab, was man hinterher beerdigen konnte, aber Laures Name stand unter dem ihrer Mutter, und der Name der Großmutter hatte gerade noch darunter Platz gehabt. Für Lucy würde man einen neuen Stein brauchen oder die Schriftgröße ändern müssen.

Sie ließ den Tee stehen und ging leise durch den Flur. Ihr Vater musste von Mathildes Tod erfahren haben. Er hatte wohl geahnt, dass Lucy das Haus so schnell wie möglich loswerden wollte, und das Bedürfnis verspürt, es noch ein letztes Mal zu betreten. Laures ehemaliges Zimmer war schon Jahre zuvor, direkt nach ihrem Unfall, von Lucy leergeräumt worden. Dort saß er auf dem Fußboden, denn es gab keine Stühle mehr, kein Bett und keine Lampe. Die einzige Beleuchtung war eine Laterne, die vom Hof der Winzernachbarn zu ihnen herüberschien. Lucy sah es trotzdem, sein erloschenes, zeitzerfressenes Gesicht. Es wunderte sie nicht, wie er hereingekommen war, er besaß schließlich noch immer einen Schlüssel. Aber warum jetzt und nicht vor zehn Jahren, oder vor fünfzehn oder nie? Das Zimmer war so leer, dass der Atem ein Echo warf. Lucy merkte, wie sehr er sich überwinden musste, seinen Blick direkt auf sie zu richten, er sah zu ihr auf, zu dieser überdimensionalen Tochter, die entgegen aller Voraussicht ausgerechnet diejenige war, die lebte. Sein ehemaliges Kind, das er nicht mehr kannte und von dem er so gern gehört hätte, dass er nicht allein die Schuld trug. Jeden Tag hatte er an sie gedacht und wie oft wäre er beinahe vor ihrer Tür gestanden. Dass das jetzt nicht mehr zählte, das verstand sogar er. Aber er verstand nicht, wie Lucy es fertig gebracht hatte, Laure so vollständig verschwinden zu lassen. Er hatte etwas retten wollen, wenigstens einen einzigen persönlichen Gegenstand, etwas, das er mitnehmen konnte, um sich zu erinnern, aber es war zu spät. Es widersprach allem, wofür er als Archäologe stand. Die Wiederentdeckung vergangener Zivilisationen erforderte eine gewisse Unordnung, gewisse Hortungstendenzen seitens der zu erforschenden Kultur. Wie sollte man in einigen Jahrtausenden etwas über den Anfang des 21. Jahrhunderts erfahren, wenn es Leute wie Lucy gab, die die Gegenstände Verstorbener einfach weggaben oder vernichten ließen, die keinen Respekt vor dem Anfassbaren hatten und anscheinend nichts hinterlassen wollten als virtuelle Wirrnis, Codes, die man in ferner Zukunft vielleicht gar nicht mehr würde entschlüsseln können, Informationen im Nichts über das Nichts, Pixel, die keine Bilder ergaben, Zahlen ohne Zusammenhang, Datenbrei und verseuchte Asche? Lucy sah ihn an, fragte weder nach seinem Befinden noch nach dem Grund seiner Anwesenheit, sie sagte überhaupt nichts, und er erwiderte ihr Schweigen. Nach einer Weile ging sie zurück in die Küche, schüttete den kalt gewordenen Tee in die Spüle und lief über die dunklen Felder zum Landgasthof, in dem sie ein Zimmer gemietet hatte, weil es im Haus kein Bett mehr gab. Sie schlief unruhig, in der Erwartung, dass ihr Telefon klingeln würde, aber nichts dergleichen passierte.

Als sie am nächsten Tag das Haus betrat, war niemand mehr da. Lucy begann, den Inhalt der Küchenschränke zu sortieren. Das meiste warf sie in den Müll. Alles, was irgendeinen Wert hatte – das Silberbesteck, die antike Wanduhr –, legte sie in einen Umzugskarton, den sie den Nachbarn überlassen würde. Auf dem Küchentisch hatte sich ein großer Stapel Post für Mathilde angesammelt. Lucy gefiel die Formulierung »Empfänger unbekannt verzogen« in diesem Zusammenhang, also schrieb sie die Worte sorgfältig auf jeden einzelnen Brief. Aber es gab einen, der nicht für ihre Großmutter bestimmt war. Auf seiner von Kaffeeflecken verunzierten Vorderseite stand groß und deutlich Lucys Name. Jemand hatte sogar seltsamerweise eine Briefmarke daraufgeklebt. Mathilde musste ihn von ihrem Sterbebett diktiert haben, denn es war nicht ihre Schrift. Lucy öffnete den Umschlag und klappte das Blatt auf. Das Papier war zwischendurch nass geworden und dann wieder getrocknet. Die Buchstaben waren deshalb etwas verwischt, aber noch immer gut lesbar. Der Brief begann mit »Du weißt vielleicht«. Lucy starrte auf die wenigen Worte, die darauf folgten, und vergaß, Luft zu holen. *Du weißt vielleicht …* Aber nein. Nein. Sie hatte es nicht gewusst.

S

Der Junge trug ein fliederfarbenes Hemd. Er stand auf einer Holzplanke mitten im Wasser und winkte. Durch das Fernglas war es schwer, seine Größe abzuschätzen, aber Simon sah für einen kurzen Moment sein Gesicht. Vielleicht war er zehn, vielleicht auch etwas jünger. Durch das wilde Winken verlor er sein Gleichgewicht, und die nächste Welle riss ihn mit sich mit.

»Da ist ein Junge im Wasser«, rief Simon, »nach da, schnell!«

Er zeigte auf das Brett, das hin und her geworfen wurde. Der Junge tauchte nicht mehr auf.

»Wo denn?«, fragte Franz, der sich neben ihn gestellt hatte. »Ich sehe nichts.«

»Fahrt einfach in diese Richtung«, schrie Simon seinen Brüdern zu, die mit den Schultern zuckten und so schnell es ging versuchten, das Boot umzudrehen. Bevor sie den Anker herunterließen, sprang Simon schon ins Wasser. Er schwamm im Kreis wie ein tollwütiger Hai und kehrte mit geröteten Augen und der Holzplanke in den Händen zurück, als ob er hoffte, durch sie irgendwelche Hinweise auf den Verbleib des Jungen zu finden. Die Planke war das Wrackteil eines zerschmetterten Bootes.

»Hier stand er drauf«, rief er, »ich sehe ihn nicht mehr!«

»Wir auch nicht«, sagte Florian und warf seinem Vater einen vorsichtigen Seitenblick zu, der seine

Zweifel an der Existenz des Jungen ausdrücken sollte. Aber Franz nahm sein Handy heraus und wählte eine Nummer.

»Du hast Empfang?«, fragte Felix erstaunt.

»Wir sind nicht weit von der Küste«, antwortete Franz, bevor sich die Guardia Costiera am anderen Ende meldete und er ihnen die Position durchgab. Sie kamen schnell. Aber auch sie konnten den Jungen nicht finden. Simon redete auf sie ein. Sie glaubten ihm, versicherten aber, es sei vollkommen aussichtslos, noch weiter zu suchen – nach einer halben Stunde, bei einem offensichtlichen Nichtschwimmer.

»Es passiert sehr oft«, sagte ein Küstenwächter. »Das war nur einer. Von so vielen. Leider.«

»*Nur* einer?«, fragte Simon fassungslos. »Nur einer, vielleicht ... aber ich habe sein Gesicht gesehen. Als er noch lebte.«

Die Sonne begann sich zu senken, und Florian fuhr der Küstenwache hinterher, in Richtung der Insel. Simon schleuderte das Fernglas von Bord und wünschte sich, er hätte es nie benutzt. Was sollte er jetzt tun, mit diesem Bild in seinem Kopf? Der Junge, der winkte, der glaubte, gerettet zu sein...

Als sie an Land gingen, machte Alina oder Annina einen ungeschickten Versuch, ihn zu trösten.

»Bist du ganz sicher, dass es ein Junge war?«, fragte sie und legte ihre Hand sanft auf seinen salzverkrusteten Arm. »Also, dass es ein Mensch war und nicht eine Boje oder ... ein Stück Holz...?«

Simon stieß ihre Hand weg, sie taumelte erschrocken zurück. In seinem Blick lag kalter Hass.

»Ganz sicher ist man ja nie«, sagte er langsam.

»Vielleicht bist du auch eine Boje. Oder ein Stück Holz?«

Er drehte sich um und ging einfach weg.

»Jetzt reiß dich mal zusammen!«, rief Florian, dessen Freundin den Tröstungsversuch unternommen hatte. »Was können wir denn dafür?«

»Lass ihn«, sagte Franz. »Sucht schon mal ein Hotel, ich komme nach.«

Die Insel sah traurig aus. Nur Beton schien auf ihrer Erde noch zu wachsen. Franz folgte seinem Sohn, der in taumelnden Zickzackbögen durch die zugigen Straßen lief. Nach einer Weile setzte er sich an einen Tisch auf der Terrasse eines Restaurants. Sein Vater ließ sich unbemerkt in einer Bar auf der gegenüberliegenden Straßenseite nieder und beobachtete verwundert, wie Simon anfing, die Rückseite der Speisekarte mit einem Stift zu bearbeiten. Er beschloss, ihn im Auge zu behalten.

Von seinem Tisch konnte Simon den Hafen sehen, der zunehmend vom Nachtblau verhüllt wurde. Das Meer zerfloss in der Dunkelheit, während der Körper des Jungen begonnen haben musste, im Salzwasser zu zerfließen. Als Erstes lösten sich die Augen auf. Simon versuchte mit aller Kraft, das Gesicht des Jungen festzuhalten, zeichnete es dreiundzwanzig Mal hintereinander, immer ein Detail verfehlend, immer verzweifelter darüber, wie schnell er selbst schon begonnen hatte zu vergessen. Die letzte Version würde sich in seinem Kopf verkrallen, ohne dass er jemals sicher sein konnte, ob der Junge tatsächlich genauso ausgesehen hatte, oder vielleicht ganz anders. Eine Kellnerin trat an ihn heran und legte eine neue Kopie der handgeschriebenen Karte an Simons Platz. Sie beschwerte sie energisch mit Gläsern und Gedeck, als wolle sie damit klarstellen, dass es nun reichte mit der Kritzelei. Simon bestellte das Abendmenü, in dem er lange herumstocherte, bis er die Teller wegschob und beschloss, dem Wein seine ungeteilte Aufmerksamkeit zu widmen. Am Nebentisch hatte sich eine merkwürdige Gruppe niedergelassen. Es war eine große Runde von etwa zwanzig Personen verschiedenen Alters. Alle außer einem, der offensichtlich Brite war, benutzten ein miserables Englisch, um sich untereinander zu verständigen. Simon erkannte den deutschen, den französischen, den italienischen und den griechischen Akzent. Auch Österreich und die Schweiz waren vertreten. Die anderen kamen möglicherweise aus Holland und aus skandinavischen Ländern, aber es war schwer, jede ihrer verschiedenartig schleppenden Satzkonstruktionen einer Muttersprache zuzuordnen, ohne mit dieser vertraut zu sein. Von weitem hätte man diese Männer und Frauen für eine Touristengruppe halten können. Aber sie waren nicht zum Spaß hier. Sie erfreuten sich weder am Wein noch am Wellenrauschen, und ihre Sympathie füreinander hielt sich spürbar in Grenzen. Allein der sie alle gleichermaßen tief beunruhigende Zustand der Welt zwang sie dazu, gemeinsam an einem Tisch zu sitzen und zu essen. Manche von ihnen schienen journalistischen Tätigkeiten nachzugehen, einige erweckten zwischenzeitlich sogar den Eindruck, über eine gewisse Bildung zu verfügen, aber diese hinderte sie nicht daran, alles zu verdrehen und zu verrenken, bis am Ende nichts mehr übrig war als Hass und Angst. Simon krallte sich an seinem Glas fest und versuchte, seine Ohren zu verschließen. Aber ihre dumpfen Worte waren lauter als das Schwirren, das der Wein in seinem Kopf hervorrief.

»Auf die Politiker ist sowieso kein Verlass!«, verkündete eine italienisch klingende Frau, und erntete zustimmendes Gemurmel von einer Hälfte der Gruppe.

»Auf die meisten«, sagte ihre Sitznachbarin, die ein grünes Halstuch trug. Sie klang sehr bestimmt.

»Ja, natürlich«, fügte die Frau schnell hinzu, »ihr seid eine Ausnahme.«

»Unsere europäischen Werte müssen beschützt werden«, sagte ein Mann mit unbestimmbarem Akzent.

Simon verschluckte sich. Mit Sicherheit waren das Leute, die zu Hause kein gutes Haar an der EU ließen. Schon jemand, der nur zehn Kilometer von ihrer Haustür entfernt auf der anderen Seite einer Grenze lebte, wäre ihnen unter normalen Umständen viel zu ausländisch, um in seiner Gegenwart ruhig atmen zu können. Aber an diesem Tisch blieb ihnen nichts übrig, als zusammenzuhalten, um gegen die Eindringlinge aus dem Wasser überhaupt eine Chance zu haben. Diese hatten nämlich nichts Besseres zu tun, als sich auf ihrem Kontinent breitzumachen, oder genauer gesagt auf diesem seltsamen kleinen Achtzehntel einer Kontinentalplatte, benannt nach einer, die selbst auf zweifelhaften Transportwegen übers Meer gekommen war. Dass Menschen sich gezwungen sahen, ihre Herkunftsorte zu verlassen, hielten die hier Versammelten allem Anschein nach für eine vollkommen neuartige Unsitte.

»Dann sollen sie eben ihre Zustände *dort* verbessern!«, rief jemand mit schriller Stimme in die Runde.

»Wenn jeder, dem was nicht passt, immer gleich davonläuft, wo kämen wir denn da hin?« Darüber war man sich einig. Es wurde heftig genickt und nachgeschenkt. Simon faltete mit vor Wut zittrigen Fingern seine Zeichnung zusammen und steckte sie in die Hosentasche. Er hatte das Bedürfnis, das Gesicht des Jungen vor den Leuten am Nebentisch zu beschützen. Ihm war übel. Aber wenn er nicht weitertrank, würde ihm noch übler werden. Er bestellte eine zweite Karaffe Wein und merkte nicht, dass sein Vater auf der anderen Straßenseite aufgestanden war, um ihn besser sehen zu können.

»Heute sind wohl schon wieder ein paar ertrunken«, sagte jemand in eine kurze Stille hinein.

»Boot zerschmettert an einem Felsen oder so.«

»Selber schuld«, schmatzte ein Mann, der noch nicht zu Ende gekaut hatte, »weiß doch jeder, wie gefährlich das ist!«

»Mir ist es auch egal«, sagte eine Frau. »Aber die ganzen Leichen machen unseren wichtigsten Wirtschaftszweig kaputt.«

»Dann sollten sie eben weiter draußen ertrinken!«, entgegnete der Mann, noch immer mit vollem Mund.

Es ging so schnell, dass Simon sich hinterher nicht mehr erinnern konnte, ob genau diese Worte der Auslöser gewesen waren, oder ob der Impuls schon früher seine unwiderstehliche Wirkung entfaltet hatte. Plötzlich lag der Mann mit dem vollen Mund unter ihm, und Simon schlug auf ihn ein. Der Mann hatte beim zu Boden gehen das Tischtuch mit sich gerissen. Um sie herum klirrten und knirschten Scherben aus Glas und Keramik, vermischt mit Fischgräten, Brotresten und benutzten Servietten, die zunehmend Spritzer abbekamen von auslaufendem Wein und dunkelrotem Blut. Autos hupten wütend, als Franz so schnell er konnte über die Straße lief. Das Geräusch weckte die Gruppe aus ihrer Überrumpelung, und die Männer stürzten sich auf den Angreifer. Franz konnte gerade noch dazwischengehen und das Schlimmste verhindern, bevor Sekunden später die Carabinieri eintrafen und Simon entfernten.

Nachdem seine Wunden vernäht waren, verbrachte er die Nacht in der Ausnüchterungszelle. Sein Vater und seine Brüder setzten alles daran, ihn schnellstmöglich wieder frei zu bekommen. Sie ließen drei italienische Anwaltskollegen aus Rom einfliegen, beglichen die Geldstrafe und erledigten alle Formalitäten, aber Simon kümmerte das alles nicht besonders. Er konnte wirklich nicht behaupten, dass es ihn reute, auf den Mann losgegangen zu sein. Heimlich wünschte er sogar, er wäre dabei nüchtern gewesen und trainiert in irgendeiner hocheffektiven Kampfsportart. Aber trotz aller Gewaltphantasien verschwand der Junge nicht aus seinem Kopf. Immer wenn er ein Kind sah, bekam es plötzlich dieselben Gesichtszüge. Nichts half dagegen. Auch nicht, dass Franz aufgrund der Ereignisse beschlossen hatte, ein noch verständnisvollerer Vater zu sein. Er wurde nicht wütend, als Simon zugab, dass die Doktorarbeit eine Erfindung gewesen war, und er die letzten Jahre mit Nichtstun verbracht hatte. Simons Rebellion, wenn man seine Unentschlossenheit als solche bezeichnen konnte, stieß auf Entgegenkommen und löste sich auf. Man hatte ihn gerettet und ihm verziehen, und noch immer wusste er nicht, wohin mit sich. Was blieb, war Scham und die Dachterrasse seiner Eltern, von der er stundenlang auf den Zürichsee starrte und versuchte, nicht zu trinken. »Was willst du jetzt machen?«, fragte sein Vater eines Tages, als er fand, das Starren müsse irgendwann ein Ende haben. Er wartete die Antwort gar nicht ab, weil ihm klar war, dass Simon es nicht wusste.

»Ich werde dir kein Geld mehr geben. Das verstehst du bestimmt. Ich glaube, es hilft dir nicht. Aber ich habe vor kurzem auf einer Vernissage jemanden kennengelernt, für den du arbeiten kannst. Immerhin hast du ein abgeschlossenes Studium. Er schien sehr sympathisch. Er leitet ein Museum, in Köln.«

Es war August, aber ein seltsam herbstlicher Nebel hing zwischen den monströsen Nachkriegsbauten der Innenstadt. Simon führte Gruppen durch antike Vasenlandschaften und erzählte mechanisch vom Leben im alten Rom. Niemand beschwerte sich über den hohlen Klang seiner Stimme oder über den unverstellten Mangel an Begeisterung in seinem Gesichtsausdruck. Er hatte es geschafft, nur abends zu trinken, um wenigstens ein paar Stunden schlafen zu können. Alles, was er trank, schmeckte salzig. Immer wieder wurde er von Albträumen geweckt, in denen der Junge sich an ihm festhielt und er ihn an die Oberfläche ziehen wollte, aber stattdessen zog der Junge ihn nach unten. Er war klein und zart und hatte das Gewicht eines Blauwals. Simon wachte im letzten Moment auf, hustend und röchelnd, als wären seine Lungen tatsächlich voller Wasser. Die Kinder, die ihm tagsüber auf der Straße begegneten, schienen ihn alle anzustarren. Er ertrug ihre Nähe nicht und versuchte mit allen Mitteln, sie zu meiden. Weil Sommerferien waren, hoffte er, dass ihm Schulgruppen noch eine Weile erspart bleiben würden. Aber der September nahm darauf keine Rücksicht: Er kam trotzdem. In einer Mittagspause wurde er in das Büro der Dame gebeten, die für die Organisation der Führungen zuständig war.

»Morgen haben wir was Lustiges für dich!«, verkündete sie fröhlich und hielt ihm ein Kostüm hin, das der überlieferten Bekleidung eines römischen Offiziers im 1. Jahrhundert vor Christus nachempfunden war.

»Probier mal an!«, sagte sie. »Ich guck auch nicht, wenn du dich ausziehst. Oder darf ich?« Sie kicherte wie eine Vierzehnjährige. Das Kostüm war unbequem, aber es passte.

»Sehr schön!«, sagte die Organisatorin mit hochroten Wangen.

»Wir machen es gern ein bisschen plastischer für Kinder in diesem Alter.«

Simon erstarrte. »Welches Alter?«, fragte er entsetzt.

»Keine Sorge!«, antwortete die Dame. »Mach einfach die interaktive Führung, die ich dir am Anfang gegeben habe. Es sind ja keine Kleinkinder. Vierte Klasse, also so ungefähr zehn.«

In der Nacht schlief er nicht. Die Digitalanzeige auf dem Radiowecker seiner möbliert gemieteten Wohnung leuchtete in einem bösartigen Rot, und seine

Augen nahmen nach und nach dieselbe Farbe an. Als der Wecker sechs Uhr zeigte, hielt er es nicht mehr aus. Die Angst war zu einem solchen Biest herangewachsen, dass er es nicht aus der Tür schaffen würde, ohne alles auszutrinken, was sich in seinem Kühlschrank befand. Wie er überhaupt zum Museum gekommen war, war ihm hinterher rätselhaft. Sogar das lächerliche Kostüm hatte er angezogen. Aber die Worte waren viel zu schwer für seinen Mund. Sein Kopf sackte immer wieder nach unten, was ihm gelegen kam, da er sowieso versuchte, den Kindern nicht in die Augen zu sehen. Er konzentrierte sich auf ihre Schuhe, deren Sohlen merkwürdigerweise fast alle eingebaute Lichteffekte hatten und ununterbrochen aufleuchteten wie Warnblinkanlagen nach einem Auffahrunfall. Ein paar Minuten später verlor er das Gleichgewicht und wäre beinahe auf ein frisch restauriertes Mosaik gestürzt. Die Lehrerin war außer sich und alarmierte sofort den Direktor, der Simon höchstpersönlich zum nebenan gelegenen Hauptbahnhof brachte. Der Direktor konnte Franz nicht telefonisch erreichen, hinterließ aber eine wütende Nachricht, in der er ihm vorwarf, das offensichtliche Alkoholproblem seines Sohnes verschwiegen zu haben. Mit der Fahrkarte nach Zürich seien sie quitt, rief der Museumsleiter, dem vor Zorn die Stimme wegbrach. Er könne sich kein Museum auf diesem Planeten vorstellen, in dem Simon für die soeben stattgefundene Führung eine Bezahlung bekäme.

Als der Zug in Freiburg hielt, erwachte er mit hämmernden Kopfschmerzen aus einem komatösen Schlaf. Ein kalter Schweißfilm verklebte ihm die Haut.

Seine Fahrkarte war gestempelt worden und lag auf dem Boden. Seine Tasche war weg. Darin war natürlich sein Portemonnaie gewesen, sein Bargeld, all seine Chipkarten und sein Ausweis. Nur sein uraltes Mobiltelefon hatte man ihm nicht stehlen können, denn das hatte er bereits in Italien verloren, und ein neues zu besorgen war ihm zu diesem Zeitpunkt sinnlos erschienen. Der Verlust war unerfreulich, aber sein Kopf war so schwer, dass er es kaum fertigbrachte, sich richtig darüber aufzuregen. Er dachte daran, wie man in Zürich auf ihn warten würde. Man würde ihn mit vorwurfsvollem Blick, aber mit verständnisvollen Worten und den Adressen der besten Entzugsspitäler in der Hand in Empfang nehmen. Er würde herumgereicht werden, bemitleidet und katalogisiert. Man würde viele klangvolle Namen finden für alles, was an ihm nicht gesund war.

Am Badischen Bahnhof wurden die Fahrgäste stichprobenartig kontrolliert. Simon floh auf die Toilette, denn er konnte sich nicht vorstellen, dass ein noch immer leicht nach Alkohol riechender Ausweisloser im Brustpanzer einen guten Eindruck auf die Zollbeamten machen würde. Natürlich würden sie nach langem Hin und Her seinen Vater benachrichtigen, der daraufhin schon wieder käme, um ihn zu retten. Diese Scham wollte er sich ersparen. Wenn er sicher war, dass er sein Leben so nicht wollte, dann musste er aus dem Zug steigen. Und er *war* sicher. Er würde aussteigen. Jetzt.

M

Mark Anton entschied sich für ein Produkt, nahm es aus dem Regal und befreite es vorsichtig aus der Papphülle. Er sah sich um, stach die Öffnung auf und drückte eine Ladung Zahnpasta in seinen Mund. Dann schraubte er die Tube zu und stellte sie samt ihrer Verpackung ins Regal zurück. Marotti versuchte sich einzuprägen, welche Marke er beim nächsten Mal bestimmt nicht kaufen würde. Er ließ seinen Blick schweifen und als seine Augen zurückkehrten, stand Mark Anton neben einem Blumenstand. Es sah aus, als verhandle er mit der Verkäuferin. Diese hatte wohl keine Lust zu feilschen. Sie schüttelte immer wieder herablassend den Kopf. Am Ende nahm sie noch einen wulstigen Zeigefinger zur Hilfe und fuchtelte damit vor seinem Gesicht herum. Anscheinend ließ sich nicht jede von ihm bezaubern. Mark Anton wandte sich schulterzuckend ab und drehte sich wieder in Richtung Bahnhofshalle. Dann machte er blitzschnell kehrt, packte einen der auf dem Boden stehenden Töpfe und rannte davon. Er versteckte sich hinter einem Pfeiler, bis er sich in Sicherheit wähnte. Marotti versuchte zu erkennen, was Mark Anton für ein Gestrüpp erbeutet hatte, Blumen waren es jedenfalls nicht, auch wenn das ohne Farben schwer zu sagen war, eher war es ein Würzkraut, vielleicht Rosmarin oder Thymian. Die Kerze saß noch immer auf der Bank. Er wollte ihr den Topf in ritterlicher Pose überreichen, als handle es sich um einen Strauß roter

Rosen. Aber sie weigerte sich, von ihren Zeitungen aufzusehen. Irgendwann stellte Mark Anton den Topf hin und setzte sich resigniert daneben. In diesem Moment schoss die Blumenfrau aus einer Ecke der Halle in Richtung der beiden. Marotti konnte aus den Reaktionen der Anwesenden schließen, dass sie laut geworden war. Sie blieb vor Mark Anton stehen und machte eine anklagende Geste. Erst nach einer Weile bemerkte sie, dass die Kerze ihr einen Geldschein entgegenhielt, den sie, noch immer vor sich hin schimpfend, an sich nahm und verschwand. Mark Anton sah betreten auf den Boden. Die Kerze roch an dem Gestrüpp, das sie soeben unfreiwillig erworben hatte. Dann lächelte sie.

L

»Merci!«, sagte der Typ mit Betonung auf der ersten Silbe und betrachtete eingehend die unterschiedlichen Grautöne der Steinfliesen vor seinen Füßen.

»Gleichfalls«, erwiderte Lucy und genoss den Lavendelduft, der von der blauviolett blühenden Pflanze in ihre Nase stieg.

»Trägt sich das gut?«, fragte sie und deutete auf seinen Brustpanzer.

»Erträglich«, erwiderte er nach kurzer Überlegung und sah endlich von seinen Sandalen auf, in ihr Gesicht. Das Zucken seiner Augenlider war deutlich milder geworden. Er roch nach Leder, nach Pfefferminze und Straßenstaub.

»Erst dachte ich, Sie machen Werbung«, sagte Lucy.

Er sagte nichts, aber er lächelte immerhin. Dann deutete er auf eine blaue Säule, die ein paar Meter von der Bank entfernt stand. Die Säule war als Treffpunkt gekennzeichnet, mit einem weißen Punkt in der Mitte und vier Pfeilen, die symmetrisch und zielstrebig auf den Punkt zuliefen.

»Ist komisch, oder? Das soll der beste Ort zum Treffen sein. Hat sich jemand so überlegt. Genau dort.«

Lucy wusste nicht, was sie sagen sollte. Die blaue Säule war bei weitem nicht das Seltsamste, das sie heute gesehen hatte.

»Und warum sieht der Vierwaldstättersee aus wie der Grand Canyon?«

Er bezog sich auf die andere Wandbemalung, schräg gegenüber von Lucys Alpenpanorama.

»Verkleidet«, sagte Lucy schulterzuckend. »Will auch nicht immer derselbe sein.«

»Ah!«, sagte der Mann erfreut, als habe sie ihm zu einer wirklichen Einsicht verholfen. Die Narben an seinen Armen, an seinem rechten Knie und seiner Stirn wirkten noch ziemlich frisch.

Lucys Telefon klingelte. Der spanische Kollege, der für sie einsprang, hatte noch eine Frage in Bezug auf die Konferenz. Sie hoffte, er würde nicht merken, dass sie sich nicht im Bett befand, versuchte so schnell und präzise es ging zu antworten, und legte erleichtert auf, als er zufrieden war. Ihre Stimme, die im Spanischen etwa eine Oktave tiefer lag, rutschte wieder nach oben.

»Was ist Ihre Muttersprache?«, fragte der Mann im Kostüm.

»Französisch und Deutsch«, sagte Lucy und schaltete ihr Handy aus.

»Sind Sie sicher?«, fragte der Mann. Sie zwang sich zu lächeln. Es war ein verbrauchtes Kompliment, eins, das sie oft mehrmals täglich hörte. Ein verblüffend gut nachgeahmter Akzent beeindruckte die Leute mehr als jede elegante Formulierung.

»Vielleicht möchten Sie auch etwas Nettes über mein neues Kleid sagen«, sagte sie, weil sie es leid war, immer nur für ihren Kopf gelobt zu werden.

Der Mann sah sie aufmerksam an. Er musste wissen, wie er aussah, aber irgendwie wirkte er, als habe er es vergessen. Sein Blick tastete sich gewissenhaft an der höllisch teuren Seide entlang.

»Nein«, entschied er nach einer Weile.

»Nein?«, rief Lucy, sie musste lachen, gegen ihren Willen. Er lachte auch, aber nur ganz kurz, bis der Rucksack eines vorbeilaufenden Kindes beinahe seinen Arm streifte, und seine Augen sich plötzlich verdunkelten.

»Jedenfalls vielen Dank für den Lavendel!«, sagte Lucy, weil sie nicht wollte, dass er wieder anfing zu schweigen.

»Den hast du doch selber gekauft!«, sagte er abweisend. Nun duzte er sie, sie hatte keine Ahnung, warum. Irgendetwas an ihm war nicht gesellschaftsfähig, aber sie wusste nicht, ob er unverschämt war oder einfach nur abgelenkt.

»Trotzdem danke!«, sagte Lucy, die gar nicht daran dachte, so schnell aufzugeben. Solange sie redete, musste sie sich nicht fragen, warum sie nicht weiterfuhr. Noch immer wusste sie einfach nicht, wohin.

Langsam wandte der Mann seinen Blick wieder in ihre Richtung.

»Wie heißt du?«, fragte er.

»Lucy«, sagte Lucy. »Und du?«

»Simon«, sagte Simon nach einer kurzen Pause.

Lucy hielt seinem Blick stand. Wenn er glaubte, sie verunsichern zu können, indem er sie so anstarrte, dann hatte er sich getäuscht.

»Was für eine Werbung?«, fragte er plötzlich.

»Was? Ach so. Ich dachte, du machst Werbung für irgendwas. Wegen des Kostüms.«

»Nein«, sagte Simon. »Ich habe heute Morgen in einem Museum gearbeitet und hatte seit meiner Kündigung keine Gelegenheit zum Umziehen.«

»Verstehe«, sagte Lucy. »Warum hat man dir gekündigt?«

»Zu offensichtlich betrunken«, sagte Simon schulterzuckend. Lucy lachte, merkte dann aber an seinem müden Ausdruck, dass es nicht besonders witzig war. Sie kannte diesen Mann überhaupt nicht, und trotzdem schaffte er es, dass sie sich nach jedem zweiten Wort fühlte, als habe sie sich vollkommen unangemessen und plump verhalten. Sie seufzte leise. Es war anstrengend, mit ihm zu reden.

»Entschuldigung«, sagte Simon. »Ich bin nicht gut in so was.«

»Nein«, stellte Lucy fest. »Das bist du wirklich nicht.«

Da strahlte er, als habe sie ihm soeben ein großes Kompliment gemacht.

M

Wie um zu zeigen, dass er auf ihrer Seite war, hatte der Teich im Garten eine bräunliche Farbe angenommen. Er starrte Marotti an, ein riesiges stinkendes Zyklopenauge. Irene hatte mit ein paar Freunden eine lange Reise gemacht, zu der sie Marotti nie hatte überreden können. Nach ihrer Rückkehr ließ sie die Koffer tagelang unausgepackt im Flur stehen. Mittlerweile verstand er selbst nicht mehr, warum er darin kein Zeichen gesehen hatte. Auch der weiße Sand, den sie aus ihren Schuhen in ein Marmeladenglas schüttete, um ihn aufzubewahren, war ihm zu diesem Zeitpunkt nicht bedrohlich erschienen. Er stand auch jetzt noch auf dem Regal im Wohnzimmer. Erst in den Wochen darauf hatte Marotti immer wieder diese Unruhe gespürt, die Erkenntnis darüber, dass sie ihm entglitt. Er war wütend auf ihre Unzufriedenheit und wie gelähmt von seiner eigenen. Seit sie endgültig weg war, war die Wut verflogen, aber die Lähmung war stärker als zuvor. Marotti sah wieder auf die Bildschirme, um das beklemmende Gefühl in seinem Hals loszuwerden. Er mochte die beiden plötzlich nicht mehr, jetzt, wo sie miteinander sprachen. Sie lachten sogar. Obwohl zumindest sie die dreißig eindeutig überschritten hatte, hingen sie wie überdrehte Teenager den ganzen Tag an öffentlichen Orten herum, um Leuten auf die Nerven zu fallen, Ladendiebstähle zu begehen oder mit beiden Händen Geld aus dem Fenster zu werfen, von dem er nicht einmal sicher war, dass sie es eigenhändig verdient hatten. Eine Welle schäumender Verachtung ergriff ihn, und er wollte sie schütteln, er wollte sie anschreien und ihnen sagen, dass das Leben grässlich war und immer schlimmer werden würde und dass sie Idioten waren, hier herumzusitzen, anstatt etwas Sinnvolles mit ihrer Zeit anzufangen. Vielleicht wusste er selbst nicht genau, wie das ging. Immerhin konnte er aber sagen, dass er arbeitete. Weil er arbeitete, hielt man seine Zeit für sinnvoll verbracht. Er saß hier und tat nichts, aber dass er dafür bezahlt wurde, machte ihn zu einem wertvollen Mitglied der Gesellschaft. So einfach war das. Er arbeitete gern. Und die schönste Nebenwirkung des Arbeitens war die Zerteilung der Zeit in kleinere, handlichere Einheiten, mit denen der Mensch in der Lage war umzugehen. Marotti konnte sich nur kurz an dem erhabenen Gefühl erfreuen, welches diese Einsicht bei ihm erzeugte, denn ausgerechnet in diesem Moment meldete sich sein Chef, um wie erwartet mitzuteilen, dass man Entwarnung gab. Der ganze Aufwand war als Fehlalarm einzustufen, und Marotti wurde gebeten, darauf zu achten, dass die Aufzeichnungen binnen vierundzwanzig Stunden gelöscht würden. Er konnte jetzt gehen. Der Vorgesetzte wünschte einen erholsamen Feierabend und weiterhin gute Besserung. Wenig begeistert erwiderte Marotti die Besserungswünsche, bevor er sich erinnerte, dass der Chef weder krank noch verletzt war. Er konnte jetzt gehen, aber er wollte nicht. Erneut griff er zu den Schmerztabletten, um seine sich anbahnende Übelkeit zu überdecken. Was sollte er zu Hause? Er würde ja doch nur an sie denken und verzweifeln.

Er würde ja doch nicht schlafen können. Die Kerze lachte über etwas, das Mark Anton gesagt hatte. Marotti fühlte einen Stich in seinem Magen, gegen den die Tabletten nicht ankamen. Er würde hier sitzen bleiben, um unnütze und unbezahlte Überstunden zu machen, nur um nicht nachdenken zu müssen, aber anstatt ein bisschen Frieden und Ruhe dafür zu bekommen, tänzelten die beiden umeinander herum und bewarfen ihn mit Erinnerungen. Marotti fuhr so nahe wie möglich an sie heran, um die Traurigkeit in ihren Gesichtern wiederzufinden, die ihn den ganzen Tag über getröstet hatte. Es hatte ihn getröstet, nicht der einzige Verzweifelte zu sein. Aber sie lächelten schon wieder. Er hatte keine Kraft mehr, sich zusammenzureißen. Er wehrte sich nicht mehr. Da passierte etwas Seltsames: Genau in dem Moment, in dem Marotti seine düsteren Gedanken zugelassen hatte, schreckten die Kerze und Mark Anton auf und rückten voneinander ab, mit verkrampft hochgezogenen Schultern, als hätte ein kalter Wind sie erfasst. Aus lauter Verblüffung darüber hellte sich seine Stimmung augenblicklich auf, was allerdings dazu führte, dass die beiden erneut näher zusammenrückten. Anhand der Leerstellen in der Packung kontrollierte Marotti, wie viele der Tabletten er heute genommen hatte. Sieben war nicht wenig. Aber so viel war es auch wieder nicht. Er überprüfte, ob Wahnvorstellungen zu den möglichen Nebenwirkungen gehörten. Aber er fand nur Übelkeit, Nierenversagen, Geschwüre und Ausschläge aller Art.

Ein paar Obdachlose hatten sich in eine Ecke gesetzt und ihre Hunde um sich drapiert. Sie begrüßten sich gegenseitig mit höflichem Nicken, ein älterer Herr lüftete sogar den Hut vor seinen Mitbewohnern der öffentlichen Orte. Die Kerze und der Römer sahen sich fragend an. Marotti probierte es noch einmal. Er dachte daran, dass er sie nie wiedersehen würde, dass alles umsonst gewesen war und die letzten fünfzehn Jahre anscheinend eine einzige Selbsttäuschung. Es funktionierte: Die Kerze wirkte auf einmal wütend. Mark Anton hatte Gift in seinem Blick. Es war ein merkwürdiges Triumphgefühl, das Marotti ergriff, als die beiden aufstanden und in entgegengesetzte Richtungen davongingen. Aber ruhiger wurde er dadurch nicht. Sie waren verschwunden, außer Reichweite seiner Kameras. Jetzt bereute er es. Es war doch nur ein Spiel gewesen. Er hatte nicht damit bezwecken wollen, dass sie plötzlich einfach so weg waren. Marottis Handy begann zu vibrieren, und Giulias Name tanzte in bläulichen Buchstaben über das stumm geschaltete Gerät. Er sah auf die Uhr. Die Vorstellung musste vorbei sein. Er war froh, dass sie anrief, aber er nahm nicht ab. Die Untröstlichkeit, die seit Stunden in der Ecke gelauert hatte, war langsam, aber unumkehrbar auf ihren Samtpfoten herangeschlichen. Jetzt wollte sie bleiben. Mit letzter Kraft nahm Marotti zwei weitere Tabletten. Bitterkeit kroch aus seinem Unterbauch in Richtung Hals, schwarze Punkte zappelten vor seinen Augen, er schaffte es gerade noch rechtzeitig zur Toilette, wo er sich des Wenigen entledigte, das er heute zu sich genommen hatte. Zitternd kroch er hinterher zu seinem Stuhl und beschloss, seine Nichte zurückzurufen. Zufällig war sie gerade in der Nähe, um sich von einer Freundin zu verabschieden, die den letzten Zug nach Genf genommen hatte. Als sie in der Tür stand, hätte er sie allerdings am liebsten wieder weggeschickt und bereute, sie überhaupt hergebeten zu haben. Giulia, die Tochter seines ältesten Bruders, stand Marotti näher als irgendjemand sonst in der Familie. Sie war der einzige Mensch, dem er erzählt hatte, dass Irene ihn verlassen hatte. Auch sonst wusste sie viel mehr über ihn als alle anderen. Aber dass sie ihn in diesem Zustand sah, war ihm trotzdem ziemlich unangenehm. Sie kam ihren Polizeionkel bei der Arbeit besuchen und fand ein halb ohnmächtiges Humpelmännchen, das auf seinem Stuhl hing und nach Erbrochenem roch.

S

Es war unmöglich zu sagen, wie alt sie war. Ihre Gesichtszüge wirkten irgendwie unscharf, überblendet, wie ins Gegenlicht fotografiert und noch dazu mit einer verschmierten Linse. Simon sah sie kurz an, ruhte dann seine Augen auf seinen lederberiemten Fußrücken aus, um sie wieder anzusehen und um bei jedem neuen Blick das irritierende Gefühl zu bekommen, dass ihm das Entscheidende entging. Während er wegsah, war sie womöglich ganz anders. Sobald er hinsah, entzog sie sich, fiel aus der Zeit, als sei sie ihr nicht unterlegen wie alle anderen. Es waren ihre Hände, die verrieten, dass sie ein Mensch war. Sie waren trocken und fahrig und so blass, dass man den Ursprung und Verlauf jeder blauen Verästelung erkennen konnte, die Reiseroute ihres Blutes.

»Ich dachte, hier hätte man das Armsein verboten«, sagte sie plötzlich mit Blick auf einen jungen Mann, der ein paar zerknitterte Exemplare der Obdachlosenzeitung *Surprise* unter dem Arm trug und halbherzig versuchte, sie anzupreisen. Sofort fand Simon sie unsympathisch, ihren Marmormund, ihren kalten, herablassenden Tonfall. Er wünschte, er hätte nie angefangen mit ihr zu reden, dann hätte er sich weiterhin vorstellen können, sie sei vielleicht doch eine Agentin oder zumindest eine mitfühlende Person, eine, die sich die Hoffnung darauf bewahrt hatte, dass es auf der Welt etwas zu retten gab.

»Du bist doch von hier, oder nicht?«, sagte Lucy und sah ihn herausfordernd an.

»Das heißt?«, fragte er mit schlecht verborgenem Unmut.

Sie blieb ruhig, musterte ihn weiterhin mit einer Art wissenschaftlicher Neugier und nahm eine kleine Tube aus ihrer Tasche, mit dessen Inhalt sie ausgiebig ihre Hände eincremte.

»Ich dachte nur, du hättest vielleicht zu irgendetwas eine Meinung.«

»Das habe ich. Ich meine, dass es viele Gründe geben kann, warum jemand auf der Straße lebt, und nicht alle haben mit Faulheit zu tun.«

Lucy hob die Hände, als würde sie sich ergeben, ihr Blick weiterhin undurchdringlich, mit einem leisen Anflug von Spott.

»Kennst du denn jemanden, der auf der Straße lebt?«

»Bisher noch nicht.«

»Das dachte ich mir«, sagte Lucy und trug eine weitere Schicht Handcreme auf, als wollte sie ihre verletzlich wirkenden Finger unter einem dicken Panzer aus Fett verstecken.

»Was genau macht dich so überlegen?«, fragte Simon angriffslustig.

»Dass ich nicht heucheln muss«, antwortete sie.

»Heucheln?«, wiederholte er fassungslos, aber sie hatte ihrer Bemerkung nichts hinzuzufügen. Simon drehte sich um und ging entschlossen in Richtung Ausgang, mit der festen Absicht, erst zurückzukehren, wenn sie endgültig verschwunden war.

M

»Was machst du hier?«, fragte Giulia mit leicht amüsiertem Unterton. Etwas Glänzendes fiel aus ihrem Haar und glitzerte auf dem grauen Linoleumboden weiter. Auch in ihrem Gesicht waren noch Reste der Schminke zu sehen. Sie setzte sich neben ihn.

»Ich arbeite!«, hätte er gerne geantwortet, ließ es aber dann bleiben. Mit ihren kräftigen kleinen Händen befühlte Giulia die leere Tablettenverpackung des Schmerzmittels, schüttelte tadelnd den Kopf und hielt ihm eine Wasserflasche hin.

»Trink mal was!«, befahl sie.

Er trank. Es half ein bisschen, aber es nützte nichts. Er hatte alles zerstört. Nicht nur sein eigenes Glück. Nun auch noch das sich eventuell anbahnende Glück der Kerze und das von Mark Anton.

»Erzähl!«, lautete Giulias nächster Befehl, nachdem er die kleine Flasche geleert hatte. Das befahl sie ihm, seit sie sprechen konnte. Immer noch zittrig, versuchte Marotti, wenigstens seine Sprache unter Kontrolle zu behalten. Seine Zunge war wie eingeklemmt zwischen seinen Zähnen, und der Schwindel verschwand einfach nicht. Zudem hatte er Kopfschmerzen. Er brauchte eine Tablette. Aber Giulia hatte den Rest der goldenen Packung in die Untiefen ihrer schwarzen Tasche fallen lassen, und es war hoffnungslos, sie zurückzuverlangen. Erst jetzt bemerkte Marotti den quälenden Juckreiz an seiner verbrannten Haut. Er berichtete so gut es ging von seinen Beobachtungen und schloss seinen Bericht mit einem Schuldeingeständnis.

»Ich habe sie auseinandergebracht«, sagte er.

»Wie ein missgünstiger, zynischer alter Sack. Das muss ich dann wohl auch sein, nehme ich an. Es ist alles kaputt, wegen mir.«

Marotti kratzte verzweifelt an seinem Verband. Giulia runzelte die Stirn und bremste seine Hand ab, um ihn am Kratzen zu hindern.

»Du glaubst, du hast sie auseinandergebracht, weil du momentan fest davon überzeugt bist, dass romantische Verwicklungen jeder Art irgendwann scheitern?«

»Ich habe Beweise. Sei froh, dass dein Beruf dir Freude bereitet. Etwas Besseres gibt es nicht auf der Welt.«

»Jedenfalls glaubst du, du hättest sie allein durch deine Gedanken um ein kurz anhaltendes Glück gebracht. Und das tut dir leid, obwohl das Glück eine Illusion ist.«

Marotti zuckte mit den Schultern. Er fand sie etwas

altklug. Was konnte sie wissen, mit ihren achtundzwanzig Jahren? Es gab vieles, das man nicht erklären konnte. Das meiste, wenn er es so recht bedachte. Für alles, was wirklich wichtig war, gab es nie eine ganz und gar zufriedenstellende Erklärung.

»Erscheint dir das nicht etwas größenwahnsinnig?«, fragte Giulia mit einem konzentrierten Blick auf die Monitore.

»Ich meine jetzt, wo die Wirkung vielleicht langsam nachlässt?«

Marotti verspürte wenig Lust, sich weiterhin ihrer vernunftgetriebenen Überlegenheit auszusetzen.

»Wenn du dich aufspielen willst, kannst du auch gern wieder gehen«, sagte er.

Giulia verdrehte die Augen. Seit wann nahm diese Nichte ihn nicht mehr ernst? Er erinnerte sich, dass sie ihn früher immer um Rat gefragt hatte. Er hatte sie vehement unterstützt, als ihre Eltern sie von der Schauspielerei abbringen wollten. Das hatte er nun davon.

L

Langsam glaubte sie, der Bahnhof habe eine Art Fluch an sich. So sehr sie sich wünschte, endlich wegzukommen, es gelang ihr einfach nicht. Sie klebte fest. So wie die Nachricht in ihrer Tasche klebte, die sie seit achtzehn Stunden mit sich herumtrug und für die sie, wie es schien, noch keine geeignete Entsorgungsmöglichkeit gefunden hatte, als handle es sich nicht um ein Stück Papier, sondern um nuklearen Abfall.

Sie stand hinter einer Säule kurz vor dem Ausgang in Richtung Gundeldingen und versuchte ihren Atem zu beruhigen. Was genau es war, das sie an diesem Mann namens Simon so wütend gemacht hatte, verstand sie selbst nicht genau. Aber es hatte wohl damit zu tun, dass er etwas konnte, das sie selbst sich mühevoll abgewöhnt hatte und jetzt kaum noch in der Lage wäre zu lernen. Und warum sollte sie? Würde die Welt wirklich besser werden, wenn eine weitere Person betroffen um sich blickte und dächte, es wäre vielleicht gut, irgendwann einmal irgendetwas zu ändern? Laure war nicht so gewesen. Sie hatte nie gezögert oder irgendetwas abgewogen, sie hatte einfach nur geholfen, wo sie konnte. Aber jetzt gab es sie nicht mehr, und Lucy konnte sich nicht einfach in sie verwandeln. Wäre das möglich, würde sie es hier, auf der Stelle, hinter dieser Säule tun. Zum ersten Mal seit langem begriff Lucy in aller grausamen Klarheit, dass Laure wirklich nie, nie wiederkommen würde, aber dann floh sie vor dieser Erkenntnis, die sich nicht länger als ein paar Sekunden ertragen ließ. Ihr Gehirn war eine seltsame Maschine. Es erlaubte ihr, in eine Art Aufzug zu steigen. Das hatte sie bisher immer gerettet, wenn sich vor ihr ein Abgrund auftat. Im Aufzug war sie allein, umhüllt von teppichgedämpfter Stille. Sie schloss die Augen und sah alles vor sich, es sah genau aus wie immer. Sie drückte auf den Knopf der 123. Etage, denn sie wusste, dass es ganz oben am sichersten war. Niemand stieg zwischendurch ein. Sie hätte es niemals erlaubt. Sie brauchte Ruhe, um das leise Surren der Drahtseile zu hören, um zu sehen, wie die sanft aufleuchtenden Nummern die vorbeirauschenden Stockwerke anzeigten, und um das leicht flaue Gefühl in ihrem Bauch zu genießen, das Kribbeln der Organe, überrascht von Geschwindigkeit. Oben war nichts.

M

»Ich sehe sie«, sagte Giulia plötzlich.

»Wo?«, rief Marotti und riss sich von seinem Stuhl hoch, ohne an seinen Fuß zu denken, der sofort schmerzhaft zu pochen begann. Giulia zeigte mit dem rechten Zeigefinger auf die Kerze und mit dem linken auf Mark Anton. Sie musste ihre Arme weit auseinanderstrecken. Als er sie sah, wusste er, dass er weniger um die beiden besorgt war als vielmehr um sich selbst. Wenn er nicht wieder gutmachte, was er getan hatte, wäre er für immer verloren. Für immer verloren – das wollte er nicht sein. Giulia lehnte lässig auf einem Stuhl, ihre mit cognacfarbenen Stiefeln umhüllten Beine hatte sie doppelt ineinander verschlungen. Es war verwunderlich, dass sie das konnte, klein wie sie war. Die dunklen Locken hatten neuerdings einen rötlichen Schimmer, der ihr ausgezeichnet stand. Sie war noch etwas runder als sonst. Aber auch das stand ihr gut. Sie gähnte. Marotti hätte sie nicht mehr lieben können, wenn sie seine Tochter gewesen wäre, aber er wünschte sich wirklich, sie möge endlich verschwinden und ihn mit den beiden allein lassen. Jetzt, wo sie wieder da waren und er hoffen konnte, seinen Fehler irgendwie rückgängig zu machen. Er würde ab jetzt nur noch von Hoffnung durchdrungene Gedanken zulassen, während er die beiden beobachtete.

»Was willst du tun?«, fragte sie mit einer weichen, erschöpften Stimme.

»Du bist müde«, stellte Marotti fest und glaubte, gleich laut aufschreien zu müssen, weil sein Bein so sehr juckte. Er biss die Zähne zusammen. Wenn sie weg wäre, könnte er sich kratzen, so viel er wollte. Die Kerze saß auf den Treppenstufen zur Passerelle. Sie hielt die Arme verschlungen, als würde sie frieren. Mark Anton hatte eine Zigarette von den Obdachlosen geschnorrt. Er stand mit versteinertem Gesicht kurz vor dem Ausgang, und seine Hände flatterten unkontrolliert um ihn herum. Die beiden würden ihn besser verstehen als Giulia, die, soviel er wusste, noch nie im Leben wirklich verzweifelt gewesen war.

»Du auch!«, antwortete Giulia, sich die Augen reibend. Das übrig gebliebene Gold klebte nun auch an ihren Fingern. Ihr Kostüm musste eine einzige Glitzerorgie sein. Wäre Marotti am Premiereabend nicht von seiner Frau verlassen worden, hätte er sich das Stück längst angesehen. Giulia schüttelte sich, sie stand auf und sah ihn streng an.

»Gehst du bald nach Hause?«, fragte sie.

»Nein«, gab Marotti zu. »In unserem Bett kann ich nicht…«

»Schon gut«, unterbrach ihn Giulia. Sie klang genau wie er selbst, wenn sie das sagte, unendlich ungeduldig und ohne einen Funken Mitleid in der Stimme.

»Wo ist die Kaffeemaschine?« Bevor Marotti seine Einwände vorbringen konnte, war Giulia bereits aus der Tür und schlenderte laut pfeifend über den Flur. Humpelnd versuchte er, sie einzuholen. Warum fragte sie überhaupt, wenn sie den Weg zur Dienstküche sowieso alleine fand? Eigentlich durfte sie sich nicht einfach so hier herumtreiben, und schon gar nicht war es erlaubt, dass Marotti seine Nichte mit dieser Respektlosigkeit durch den Posten gehen ließ, als diene die Polizeiarbeit irgendeinem Vergnügen. Zum Glück waren sie auf dem Flur niemandem begegnet.

»Wir sind hier nicht im Theater«, sagte er streng, während Giulia schon dabei war, die Espressomaschine zuzuschrauben. Sie stellte sie auf den Herd und warf Marotti einen belustigten Blick zu.

»Ich weiß«, entgegnete sie, »da würde ich nicht pfeifen. Aber es riecht genau gleich.«

Marotti war nervös. Weniger wegen der Vorschriften. Eher, weil er die Kerze nicht in diesem Zustand alleine lassen wollte.

»Giulia, geh doch nach Hause«, sagte er beinahe flehend. »Ich brauche keinen Babysitter, schon gar nicht einen wie dich!«

Sie zündete den Gasherd an und deutete mit einem ihrer winzigen Zeigefinger in Richtung des Überwachungsraums.

»Gefällt dir der Film?«, fragte sie. »Ich glaube, es ist dir peinlich, aber wenn du ehrlich bist, hättest du gern ein richtig schönes, kitschiges Ende.«

»Was redest du da?«

»Als Erstes musst du herausfinden, was das für Charaktere sind. Du musst ihre Widersprüche kennen und ihre wunden Punkte. Was sie wollen. Was sie wiederum tatsächlich bräuchten, um glücklich zu sein, ist oft das genaue Gegenteil, weißt du.«

Marotti stöhnte auf. Hätte er ihr bloß nie erzählt,

dass er früher davon geträumt hatte, Filmregisseur zu werden. Er hatte es ihr scherzhaft gestanden, aber sie nahm alles ernst, was so dahergesagt wurde, und schenkte umgekehrt dem Ernsthaften nicht die geringste Beachtung. Sie warteten schweigend, bis der fertige Kaffee sich wütend gurgelnd bemerkbar machte. Marotti, der mittlerweile Angst vor heißen Flüssigkeiten hatte, ließ Giulia die Espressomaschine tragen, während er zwei Tassen und Zucker aus dem Schrank nahm. Erst jetzt fiel ihm auf, wie stickig die Luft im Überwachungsraum war. Hatte er einfach an Sauerstoffmangel gelitten? Er nahm einen Schluck Kaffee und spürte mit großer Erleichterung, wie sich seine Kopfschmerzen dadurch schlagartig besserten. Der Rückzug des Schmerzes stimmte ihn milder. Seine Nichte sah ihn erwartungsvoll an.

»Also?«, fragte sie.

»Also was?« Marotti setzte sich, seinen besorgten Blick auf Mark Anton gerichtet, der mittlerweile auf dem Boden saß und die Schultern hängen ließ.

»Woher kommen die beiden, was wollen sie, was müssen sie lernen, wodurch geschieht das, wie finden sie zueinander…«, leierte sie gelangweilt herunter.

»Woher soll ich das wissen?«

Giulia schnaubte ungeduldig. Sie stand auf und begann, auf und ab zu gehen. Ihre Absätze klackerten hart.

»Denk dir wenigstens einen Namen aus!«

»Mark Anton«, sagte Marotti zögernd.

»Quatsch!«, fuhr Giulia ihm über den Mund. Marotti fühlte sich ausgebremst. Was hatte sie gegen den

Namen? Er fand, dass der Römer durchaus so heißen konnte.

»Vielleicht hilft uns etwas Recherche, was meinst du?«

Sie wirkte plötzlich hellwach und abenteuerlustig.

»Recherche?«

»Ich frage ihn!«, rief Giulia strahlend.

»Auf gar keinen Fall! Ich verbiete es dir! Das kommt überhaupt nicht in Frage …«

»Das tut doch nicht weh, beruhige dich!«

Es war ihm selbst unerklärlich, aber er hatte das Gefühl, dass Giulia in etwas Heiliges eindringen würde, wenn sie auch nur an den beiden vorbeiging und er sie dabei auf dem Bildschirm beobachten konnte. Er selbst wäre gar nicht auf die Idee gekommen, höchstpersönlich ins Bahnhofsgebäude zu humpeln, um sich mit eigenen Augen ein Bild zu machen. Das, was an den beiden so seltsam, so traurig und schön wirkte, war vielleicht auch nur aus der Ferne so traurig und schön. Aber Giulia war nicht davon abzubringen. Von wilder Begeisterung ergriffen, wartete sie auf seine Anweisung. Marotti dachte nach. Wenn sie schon unbedingt stören musste, dann wenigstens nicht als sie selbst.

»Bleib hier!«, befahl er, als er auf den Flur hinaustrat, kopfschüttelnd vor Verwunderung über seine eigene Idee. Es war ruhig. Die Kollegen von der Nachtschicht hielten sich in den anderen Gebäuden auf, die anderen waren längst nach Hause gegangen. Er hatte etwas ziemlich Verbotenes vor, aber die Gefahr, dass es jemand merkte, war so groß nun auch wieder nicht. Spätestens morgen früh würden die

Aufnahmen gelöscht werden, er selbst hatte schließlich die Anweisung dazu erhalten. Als er sicher war, dass sie niemandem begegnen würde, kehrte er in den Überwachungsraum zurück, in dem seine Nichte aufgeregt hin und her trippelte. Die Kerze saß wieder auf der Bank, etwas Hartes, Gefährliches in den Augen. Marotti begann, sich auszuziehen. Zum ersten Mal in seinem Leben war er froh darüber, von nicht besonders großer Statur zu sein. Vorsichtig streifte er die verschwitzte Hose über sein vor Juckreiz pulsierendes Bein, da er vermeiden wollte, dass die Brandblasen sich öffneten. Giulia nahm seine Uniform entgegen. Obwohl Marotti selbst in seinen verwaschenen Unterhosen noch durchaus annehmbar aussah, genierte er sich etwas vor seiner Nichte. Er deutete auf die Toilette.

»Zieh dich um und wasch dir das Zeug aus dem Gesicht!«, sagte er, erfreut über ihre Verblüffung. Widerspruchslos verschwand sie hinter der Tür. Als sie wiederkam, hatte sie ihr wildes Haar streng zurückgesteckt, damit es überhaupt unter die Mütze passte. Sie glitzerte nicht mehr und die Hosenbeine hatte sie so geschickt umgeschlagen, dass man die Überlänge kaum bemerkte. Das Jackett war ihr allerdings um die Schultern zu weit, und Marottis viel zu große Schuhe wirkten noch lächerlicher als ihre eigenen, deren Absätze um einiges zu hoch waren, um einer Polizistin im Einsatz gute Dienste zu leisten. Jemand, der erst kürzlich eine vorschriftsmäßig gekleidete Polizeibeamtin gesehen hatte, würde höchstwahrscheinlich etwas misstrauisch werden.

»Was soll ich machen?«, fragte Giulia.

»Frag sie nach den Ausweisen. Aber ganz beiläufig, sie sollen nicht zu viel Angst kriegen. Besser wäre natürlich, du hättest eine Uniform vom Zoll, aber so eine haben wir hier jetzt nicht.«

Giulia probierte verschiedene Gangarten, bei denen ihre Absätze nicht ganz so hörbar waren.

»Guten Abend, könnte ich mal den Ausweis sehen? – So?«

Marotti sah auf die Uhr. Es war kurz vor Mitternacht. Sagte man da noch »Guten Abend«?

»Nicht gleich auf Hochdeutsch«, wies er Giulia an. »Nur, falls sie dich nicht verstehen. Vielleicht sind es auch Franzosen. Rechne damit, dass sie erschrocken sind. Bleib ruhig. Du kannst auch ein bisschen lächeln.«

»Ist es nicht komisch, dass eine Polizistin nachts allein ...«

»Ja, es ist nicht unbedingt üblich. Aber die beiden wissen das vielleicht nicht. Bei denen in der Ecke musst du aufpassen, dass sie dich nicht verraten.«

Marotti zeigte auf eine kleine Gruppe, deren Mitglieder in einem dunklen Winkel saßen und lagen. Jemand, der nur von hinten zu sehen war, kam vorbei und ließ etwas fallen, was ein anderer aufhob, woraufhin der Jemand ebenfalls etwas Interessantes auf dem Boden zu entdecken schien, das er schnell in seine Tasche gleiten ließ und verschwand.

»Warum?«, fragte Giulia.

»Die merken sofort, dass du keine Polizistin bist. Die haben schon öfter eine gesehen.«

»Herzlichen Dank für dein Vertrauen in meine Fähigkeiten!«, rief Giulia empört. Dann ging sie durch den Flur und nahm die Treppen hinunter zur Bahnhofshalle.

Als Marotti sie auf dem Bildschirm erblickte, fürchtete er plötzlich, Mark Anton könnte so großen Gefallen an Giulia finden, dass er die Kerze sofort vergäße. Er jedenfalls fand seine Nichte entschieden hübscher als die große, dünne Frau auf der Bank. Aber es war zu spät, um sie aufzuhalten. Giulia bewegte sich bereits in Mark Antons Richtung. Wäre er in Unterhosen und einem großen Verband am linken Bein hinter ihr hergelaufen, so wäre das ihrer Glaubwürdigkeit nicht unbedingt zugute gekommen. Marotti ballte vor Aufregung die Hände und heftete seinen Blick fest auf den Monitor, der den Ausgangsbereich zeigte. Noch ein paar Schritte. Jetzt gab es kein Zurück mehr: Giulia stand vor Mark Anton.

S

Vielleicht hatte sie Recht. War denn wirklich der Junge selbst der Grund für seine Verzweiflung, oder war es vielmehr seine eigene überwältigende Hilflosigkeit? Plötzlich schämte er sich, weil er sich eingebildet hatte, um jemanden trauern zu können, den er überhaupt nicht kannte. Er ekelte sich geradezu vor seiner eigenen Anteilnahme. Wie wenig sie nützte, hatte er bisher nie bemerkt. Er spürte, wie die Schwerkraft ihn anzog, seine Muskeln zitterten vor Müdigkeit. Er gab nach und setzte sich auf den Boden, lehnte sich an eine Säule, ohne sich darum zu kümmern, von wie vielen Hunden sie bereits markiert worden war.

Die Erde hörte nicht auf, an ihm zu ziehen. Es war dunkel geworden, und auch das sah er jetzt erst. Wie sollte er die Nacht überstehen, wenn er noch nicht einmal Geld hatte, um sich eine einzige Flasche Wein zu beschaffen? Natürlich wusste er, dass das Trinken nicht weiterhalf. Aber half es denn, nicht zu trinken? Und doch war es womöglich das einzige Ziel, von dem er hoffen konnte, dass er es erreichte: Hin und wieder irgendetwas nicht zu tun. Ab und an etwas zu unterlassen. Viel war es nicht.

M

Der Mann saß noch immer mit ausgestreckten Beinen auf dem Boden. Giulia erschrak fast, weil er so schön war. Allerdings zitterten seine Hände, er hatte Schweißperlen auf der Stirn, und sein dunkler, glühender Blick war rot umrandet von einem Elend, dessen Ursprung sie niemals kennen würde. Sein Brustpanzer sah schwer aus, er ähnelte eher einer originalgetreuen Replik als einem Karnevalartikel. Es musste ziemlich unbequem sein, ihn zu tragen, aber dafür warf er goldene Reflexe in sein abgekämpftes, trauriges Gesicht. Der Mann sah nicht aus wie jemand, den seine eigene Wirkung sonderlich interessierte, was ihn in Giulias Augen noch schöner machte. Sie versuchte, ihre unförmige Hose glatt zu streichen. Er hatte noch nicht einmal bemerkt, dass sie vor ihm stand. Gerne hätte sie seine zerzausten Haare angefasst, aber das wäre wohl sehr unpassend gewesen. Sie dachte an Onkel Beats allgegenwärtigen Blick, um sich auf ihr Anliegen zu konzentrieren. Dann holte sie tief Luft und sagte ihren Satz, etwas zu säuselnd vielleicht, etwas zu flirtend. Sie konnte nicht anders. Sie strahlte und wunderte sich darüber, wie sehr sie hoffte, er möge ihr Lächeln erwidern. Stattdessen sah er sie verwirrt an, als hätte sie ihn aus einem wilden Traum gerissen. Sie wiederholte ihr Anliegen auf Hochdeutsch, auf Englisch und auf Französisch. Weil er noch immer nicht reagierte, probierte sie sogar ihr völlig eingeschlafenes Italienisch, mit dem sie ihrem Namen und der Herkunft ihrer Großeltern väterlicherseits keine Ehre machte. Aber er antwortete auch darauf nicht. Sie musste sich etwas einfallen lassen. Mit einer lässigen Bewegung zog sie ihr Handy aus der Tasche und tat so, als würde sie mit jemandem sprechen.

»Ja, also ich habe hier jemanden ohne Papiere… ja … nein, natürlich, das ist klar…«

Während sie mit ihrem imaginären Kollegen redete, erhob sich der Mann langsam und mühevoll. Es schien, als sei ihm schwindlig, denn er musste sich kurz an einem Pfosten festhalten, um nicht zu sehr zu schwanken. Obwohl er Giulia um zwei Köpfe überragte, sah er sie ängstlich an.

»Immer noch am SBB, genau, Ausgang Richtung Trambahnsteig, vielleicht schickt ihr noch jemanden…«

Er begann zu rennen. Giulia rief ihm hinterher, doch ihre Drohungen zeigten keine Wirkung. Dann versuchte sie ihn einzuholen, merkte aber schnell, dass es aussichtslos war. Schwer atmend kehrte sie wieder um und machte eine entschuldigende Geste in Richtung des schwarzen Glasauges vor dem Eingangsbereich. Dieser Auftritt war ihr gründlich misslungen. Aus der dunklen Ecke hörte sie ein lautes Johlen.

»He, wo hast du das denn her?«, rief jemand.

Giulia war nicht sicher, ob sie gemeint war und ob sie gerade riskierte, sich vollends lächerlich zu machen, aber sie wollte nicht mit leeren Händen zurückkehren, zumal sie es gewesen war, die darauf bestanden hatte, etwas über die beiden herauszufinden. Sie musste versuchen, wenigstens der Dame eine Information zu entlocken. Zwei Zollbeamte mit Schäferhund und schusssicheren Westen durchquerten das Bahnhofsgebäude. Erschrocken versteckte sich Giulia hinter der Tafel mit den Abfahrtszeiten. Die Beamten gingen zügig an ihr vorbei, ohne sie zu bemerken.

S

Er stand zwischen den Schienen der Trambahnen, dort wo sie begannen, auseinanderzulaufen. Es klingelte schrill, und er verstand erst nicht, dass er gemeint war, trat dann aber einen kleinen Schritt zur Seite, um die grünen Waggons neben sich vorbeifahren zu lassen. Wo sollte er hin? Die kleine Polizistin hatte ihre Kollegen verständigt, und er bildete sich nicht ein, gegen ein ganzes Einsatzkommando eine Chance zu haben. Er hatte kein Geld. Er hatte keine Papiere. Früher oder später würde er sowieso wieder in Zürich enden. Sein Ausbruchsversuch war gescheitert wie alles, was er jemals probiert hatte. Ein kurzes bitteres Auflachen drängte sich aus seinem Mund – nicht einmal als Obdachloser war er zu gebrauchen. Er konnte genauso gut in den Bahnhof zurückkehren und sich der Polizei anvertrauen. Wie lächerlich es gewesen war zu glauben, dass er entkommen konnte. Es gab kein Entkommen. Nirgendwohin.

M

Die Frau war von den Treppenstufen, auf denen sie sich fast eine Stunde lang mit dem Kopf auf den Knien hin und her gewiegt hatte, zu einer einigermaßen normalen Sitzposition auf der Bank zurückgekehrt. Giulia sah darin einen gesunden Impuls. Wenn wenigstens die Frau wieder bei Verstand war, gab es vielleicht doch noch Hoffnung für das Gelingen dieses seltsamen Vorhabens. Ihr persönlich war es egal. Aber es war gut, wenn Onkel Beat auf andere Gedanken kam. Sie machte sich Sorgen um ihn. Wenn es ihn, aus welchen Gründen auch immer, freuen würde, dass diese beiden Freaks sich versöhnten, war es den Versuch wert. Die Frage war, ob sich der schöne Mann überhaupt wieder in den Bahnhof wagen würde. Giulia zuckte mit den Schultern, als hätte sie soeben mit einem richtigen Gegenüber gesprochen, anstatt nur in Gedanken mit sich selbst. Sie spürte den gespannten Blick ihres Onkels, als sie vor der dünnen Person stand, die immer noch ganz leicht schaukelte. Die Frau sah aus wie jemand auf hoher See oder wie ein Schilfrohr bei heftigem Wind. Im Gegensatz zum schönen Mann sah sie Giulia sofort ins Gesicht, mit einem stolzen und gleichzeitig resignierten Ausdruck, wie eine Königin, die zwar genau wusste, was zu tun war, aber auch, dass niemand bereit sein würde, es auszuführen. Ihre riesigen Augen waren asymmetrisch, das linke war weit und offen und das rechte hatte ein eindeutiges Schlupflid. Dadurch wurde ihr Blick irgendwie schief. Giulia vermied es, zu tief in die hellgraue Iris der Frau zu sehen. Es war, als könne man darin etwas entdecken, das man eigentlich gar nicht wissen wollte, solange es nicht unbedingt notwendig war.

»Könnte ich den Ausweis sehen, wir machen eine Routinekontrolle«, sagte Giulia schnell und hatte keine Ahnung, ob man so etwas sagte.

Die Frau antwortete nicht, griff nur in ihre Tasche, ohne ihre merkwürdig beunruhigenden Augen abzuwenden. Sie zweifelte, das war offensichtlich. Ihr Blick wanderte an Giulia auf und ab, blieb an ihren unpassenden Schuhen hängen. Sie zweifelte, aber sie wehrte sich nicht. Giulia besah das Foto und begann ebenfalls zu zweifeln. Es war ein deutscher Pass mit einem Bild, das der dünnen Frau nicht im Geringsten ähnelte. Diese sah bestenfalls interessant aus, während die Frau auf dem Foto eine wirkliche Schönheit war. Giulia merkte sich den Namen und den Geburtstag. Bei der Größe hielt sie inne und gab den Pass zurück. Ein Meter achtundfünfzig. Das war Giulias eigene Größe. Es war nicht sehr wahrscheinlich, dass die Frau in ihrem Alter noch einmal zwanzig Zentimeter gewachsen war.

»Das sind Sie nicht!«, sagte Giulia. »Ihren eigenen Pass, bitte!«

Die Frau ließ sich nichts anmerken, suchte aber gehorsam in ihrer riesigen Tasche nach einem anderen Ausweis, den sie Giulia hinhielt.

Diesmal war es ein französischer. Das Foto war ihr eindeutig zuzuordnen. Geburtsort, Geburtstag und Nachname stimmten mit dem anderen Pass überein. Giulia hatte keine Ahnung, was sie damit anfangen sollte. Sie musste sie zum Reden bringen. Die Frau hatte noch kein einziges Wort gesprochen.

»Was machen Sie in der Schweiz?«, fragte sie streng.

»Nichts«, gab die Frau zur Antwort, ein leichtes Zucken in den Mundwinkeln, das man, mit etwas gutem Willen, als Lächeln deuten konnte.

»Sind Sie zu Besuch hier oder zum Arbeiten?«, fragte Giulia und hoffte, dass die Frau nicht anfangen würde zu lachen. Es war offensichtlich, dass sie ihr die Polizistin nicht abnahm, aber trotzdem spielte sie mit.

»Zum Einkaufen«, sagte die Frau und wandte ihren stechenden Blick endlich ab. »Auf der Durchreise«, fügte sie leise hinzu. Sie sah jetzt aus, als sei sie längst abgereist, als hätte sie nur versäumt, dafür in den Zug zu steigen.

»Woher und wohin?«, wollte Giulia wissen.

Die Frau antwortete mit einem kaum wahrnehmbaren Schulterzucken, das Giulia wütend machte. Sie wollte etwas fordernder werden, aber ihr Telefon begann zu klingeln, bevor sie den Mund öffnen konnte. Giulia entfernte sich so schnell es ging und nahm den Anruf entgegen. Es war Onkel Beat, der ihr befahl, zurückzukommen.

»Was sollte das?«, lautete Marottis unwirsche Begrüßung.

»Ich habe nur gemacht, was wir besprochen haben«, erwiderte Giulia.

»Warum hat das so lange gedauert? Du solltest nur die Namen herausfinden und wieder zurückkommen. Er ist sogar weggerannt!«

»Er hatte keinen Ausweis!«, sagte Giulia. »Sie heißt Lucille.«

»Lucille?«, fragte Marotti angewidert und schüttelte entschieden den Kopf »Nein, das gefällt mir nicht.«

»Sie lebt in Paris, aber sie…«

»Nein, sei still!«, unterbrach Marotti vehement. »Ich glaube, ich will es doch nicht wissen.«

Jetzt war Giulia wirklich wütend. Sie hatte sich lächerlich gemacht, nur um ihn auf andere Gedanken zu bringen.

»Weißt du überhaupt je, was du willst, Beat?«

»Werd nicht frech!«

»Und wenn du es weißt, tust du dann was? Oder sitzt du immer nur da und schaust zu und hoffst, dass was passiert? Vielleicht war es das, wovon sie genug hatte!«

Marotti schwieg. Es surrte ihm in den Ohren. Irgendetwas daran war wahr, aber es stand Giulia nicht zu, so mit ihm zu sprechen.

»Ich will, dass sie zurückkommt«, sagte er leise.

»Das wird sie nicht«, antwortete Giulia etwas sanfter, »du musst was anderes wollen.«

Sie befreite ihre Locken von den Klammern, die nach einigem Schütteln wieder ihre ursprüngliche prächtige Form annahmen. Die Uniform ließ sie einfach auf den Boden fallen, und zog sich energisch ihr Kleid über den Kopf. Sie setzte sich neben Marotti, ohne zu wissen, was sie sagen sollte. Es war das erste Mal, dass sie ihn trösten musste und nicht umgekehrt. Dass sie sich dieser Aufgabe nicht gewachsen fühlte, sollte er nicht merken. Sie war müde, aber so konnte sie ihn hier einfach nicht sitzen lassen. Niemandem außer ihr hatte er von der Abschiedsnachricht erzählt. Giulia hatte seine Frau gemocht. Auch sie hätte ihr einen solch abrupten Abgang nicht zugetraut. Es war verstörend. Aber eine dauerhafte Lösung konnte schlecht darin bestehen, dass er nachts in Unterhosen im Polizeiposten herumsaß, um der Einsamkeit seiner Wohnung zu entkommen.

»Er ist wieder da!«, sagte Marotti plötzlich. Giulia konnte es kaum glauben: Der schöne Mann war tatsächlich zurückgekommen. Das Einzige, was sich verändert hatte, war die Tatsache, dass er sich hinter einer Säule versteckt hielt. Die Frau saß wieder auf der Bank und rührte sich nicht. Nur einmal holte sie eine kleine Flasche Wasser aus dem Automaten, trank davon und goss den Rest in das seltsame Gestrüpp, das noch immer neben ihr stand.

»Kannst du noch mal runtergehen?«

»Was? Du hast doch grade gesagt, du willst gar nicht wissen, wer sie …«

»Nicht deshalb! Ich will einfach, dass sie wieder nebeneinandersitzen.«

»Und wie soll das gehen? Wenn er mich sieht, rennt er sofort weg. Und die Frau hat es mir sowieso nicht geglaubt, weißt du. Sie hat mich sofort durchschaut!«

Marotti schlug ungeduldig mit der Hand auf den Tisch.

»Jetzt hör mir doch erst mal zu! Du sollst auch nicht mehr zu ihnen gehen, sondern jemand anders. Jemand, der die Frau bedroht. Der Römer muss es natürlich mitkriegen. Wenn er sie dann rettet, also ... durch so was lassen sich doch eventuelle Meinungsverschiedenheiten aus dem Weg räumen, oder?«

»Und wo soll ich jemanden finden, der sich bereit erklärt, die Frau anzugreifen?«

»Du fragst einfach einen von denen!«, sagte Marotti und deutete auf die Obdachlosen.

»Gib ihm hundert Franken aus meinem Portemonnaie!«

Giulia starrte ihn mit offenem Mund an. »Ich hol einen Arzt.«

»Was hast du denn?«, fragte Marotti ehrlich verwundert. »Ich bin sicher, es funktioniert!«

Er wirkte so überzeugt, dass sie nicht wusste, wie sie ihm widersprechen konnte. Er fand in diesem Moment anscheinend absolut nichts Befremdliches daran, dass ein Polizist, der seinen Beruf normalerweise sehr ernst nahm, einem Obdachlosen hundert Franken für die Ausübung einer Gewalttat anbot. Die beiden mussten ihm wirklich viel bedeuten. Giulia überraschte sich selbst bei diesem Gedanken, aber dann ging ihr auf, dass es genau so sein musste: Ihr Onkel hatte sich auf höchst merkwürdige Weise in beide gleichzeitig verliebt. Etwas Besseres als Verliebtheit konnte es gegen seinen Schmerz wohl nicht geben.

»Gut, ich mach's«, sagte Giulia kopfschüttelnd, obwohl sie es nach wie vor verrückt fand. Marotti kramte aufgeregt in seiner Tasche und hielt ihr ein paar Geldscheine ins Gesicht.

»Falls es nicht reicht ... sieh zu, dass Mark Anton dich nicht erkennt, du gehst am besten von der anderen Seite rein, ja?«

Giulia nickte ergeben und verließ erneut den Raum.

L

Lucy konnte ihn nirgends entdecken. War er wirklich nur wegen ihrer blöden Bemerkung weggegangen? Wäre er hier gewesen, hätte sie sich entschuldigt. Der Typ war wahnsinnig, unverschämt, mittellos, Alkoholiker. Kurzum: ziemlich lästig. Aber wer war das nicht. Immerhin hatte er sich getraut, stundenlang neben ihr zu sitzen, und das zeugte durchaus von Mut. Sie wusste, dass sie kalt war wie eine Vogelscheuche nach monatelangem Bodenfrost und mindestens genauso abschreckend. Trotzdem hatte er ihr Blumen geschenkt oder zumindest etwas, das in diese Richtung ging. Sie gab dem Lavendel ihren letzten Schluck Wasser. Er war schließlich die einzige Pflanze, die sie je von einem Mann bekommen hatte.

M

Giulia stand vor der Gruppe und sah sich nervös um. Wen sollte sie fragen? Den, der am furchterregendsten wirkte? Aber vielleicht würde er sich nicht zurückhalten können. Er sollte ihr schließlich keinen wirklichen Schaden zufügen, sondern nur so tun, als würde er sie angreifen. Das setzte gewisse Fähigkeiten und vor allem eine gewisse Nüchternheit voraus. Auf keinen Fall kam einer der Sturzbetrunkenen in Frage. Giulia sah sich jeden Einzelnen genau an. Einer hatte eine Tätowierung im Gesicht, die aussah wie eine ganz gewöhnliche Brille. Einer häkelte einen Topflappen. Einer lag auf der Seite und meditierte. Einer spielte Memory mit seinem Hund, aber der Hund war nicht ganz bei der Sache. Es gab auch ein paar Frauen, die sich leise unterhielten. Viele tranken, aber längst nicht alle. Etwas abseits saßen ein paar auffällig bunt gekleidete Damen und Herren, die weniger streng rochen als die anderen. Giulia trat zögernd an die Besserriechenden heran und hörte zu ihrem großen Erstaunen, dass sie sich über die Börse unterhielten. Sie schienen sich sehr gut auszukennen, Giulia verstand nicht einmal die Hälfte von dem, was sie sagten. Sie waren so vertieft in ihre Diskussion, dass sie sich mehrmals laut räuspern musste, um überhaupt wahrgenommen zu werden.

»Ja, Püppchen, was ist denn?«, fragte ein besonders bunter Mann, sogar seine Schuhe und Schnürsenkel hatten unterschiedliche Farben.

»Was fällt dir ein, sie so zu nennen?«, rief eine mindestens ebenso bunte Frau wutentbrannt, »ich glaube, langsam wird es Zeit, dass du rausfliegst, mit deinen sexistischen ...«

Ein zustimmendes Gemurmel der anderen übertönte den Rest des Satzes, es schwoll immer mehr an, bis alle wild durcheinandergrölten. Die Ungewaschenen blieben still, aber das Gezeter der Bunten störte sie offensichtlich.

»Ruhe jetzt!«, brüllte schließlich der Hundebesitzer, während er seinem Labradormischling schützend die Hände über die Ohren hielt. »Haltet das Maul, sonst ruf ich die Polizei!«

Verstohlen sah Giulia zur Frau auf der Bank und zum schönen Mann hinüber. Keiner der beiden hatte auch nur den Kopf gedreht, um die Quelle des Lärms zu entdecken. Sie mussten wirklich in einer merkwürdigen Laune sein, dass ihnen jeder Rest von Neugier abhanden gekommen war.

»Ja, ruf doch die Polizei!«, röhrte der Macho mit den bunten Schnürsenkeln. »Auf die warten wir schon den ganzen Tag!«

Der Mann mit dem Hund erhob sich und schwang drohend seine dicke Faust über dem verfilzten Kopf.

»Willst du mich pro ... du ... willst du mich promovieren?«, rief er.

»Äh ... nicht ganz!«, sagte der Mann mit den Schnürsenkeln und prustete los. Auch seine bunten Freunde begannen kreischend zu lachen. Der Mann mit dem Hund stand verloren mit seiner Faust in der Luft. Er schwankte zu sehr, um zuzuschlagen, war aber nicht betrunken genug, um nicht zu merken, dass man sich über ihn lustig machte. Giulia spürte plötzlich ein stechendes Mitleid. Sie warf der bunten Gruppe böse Blicke zu. Nur ein Einziger von ihnen beteiligte sich nicht an dem wiehernden Gelächter, sondern stand auf und ging auf die Seite der Ungeduschten.

»Entschuldigen Sie bitte!«, sagte der kleine Mann sehr ernsthaft.

»Wir sind etwas überdreht, es ist nicht so gemeint.«

Der Hundemann entspannte seine Faust und setzte sich wieder, um das glänzende Fell seines Labradormischlings zu streicheln.

»Schon gut!«, brummte er. »Du bist in Ordnung. Komm, setz dich doch mal hin jetzt. Trink ein Bier mit mir.«

Der kleine bunte Mann ließ sich zögerlich nieder, Giulia sah, dass er versuchte, möglichst flach zu atmen, ohne es sich zu sehr anmerken zu lassen. Er nahm die geöffnete Bierflasche und bedankte sich höflich, trank aber nicht davon. Auch den Wodka rührte er nicht an. Ihr ging auf, dass er für ihr Anliegen gut geeignet sein könnte. Er wirkte diskret, zuverlässig und bei vollem Verstand. Die erforderliche Aggressivität würde er eben spielen müssen. Giulia winkte. Der Hundemann zwinkerte anzüglich, die beiden nannten sich bereits beim Vornamen.

»He, Tobias, da winkt dir eine, bist du blind? Ne sehr Hübsche sogar, geh doch mal hin. Komm danach wieder, ja? Prost!«

Der bunte kleine Mann, der Tobias hieß, stieg über

den Hund und ging schüchtern auf Giulia zu. Als er vor ihr stand, erhellte sich sein Gesicht.

»Ich kenne Sie!«, rief er strahlend.

»Mich?«, fragte Giulia idiotischerweise und knetete die zusammengerollten Geldscheine in ihrer verschwitzten Handfläche.

»Ich habe ein Abo!«

»Aha ...?«

»Ein Jahresabonnement fürs Theater!«

Tobias zappelte begeistert mit den Händen und trat von einem Bein aufs andere.

»Ich kenne Sie!«

Dass jemand auf der Straße lebte, aber über tausend Franken für ein Jahresabo aufbringen konnte, erschien Giulia zumindest einigermaßen ungewöhnlich. Aber vielleicht gab es wohltätige Initiativen, die Obdachlosen den Zugang zu kulturellen Einrichtungen ermöglichten.

»Gut, äh, ich wollte fragen, ob – sollen wir ›du‹ sagen?«

Der kleine Mann war höchstens so alt wie sie und Giulia fand es irritierend, gesiezt zu werden.

»Aber natürlich. Mit Vergnügen!«

»Könntest du mir bei einer Art Wette helfen? Es gibt natürlich auch eine Aufwandsentschädigung ...«

Giulia hielt ihm das Geldbündel hin, das er mit einer Mischung aus Ekel und Entsetzen anstarrte.

»Tu das weg«, sagte Tobias entschieden. »Ich helfe dir gern. Ich bin ein Fan!«

»Du weißt ja noch gar nicht, worum es geht. Es ist, sagen wir, nicht ganz risikofrei.«

»Wunderbar!«, rief er und zappelte noch schneller.

»Du musst ... was spielen. Du sollst so tun, als würdest du jemanden angreifen, aber nicht wirklich zuschlagen, ja?«

Tobias sah aus, als würde er vor Stolz und Begeisterung gleich platzen.

»Ja, da bist du an den Richtigen geraten!«, strahlte er. »In meiner Freizeit spiele ich nämlich auch Theater! Vielleicht erzählst du mir noch etwas mehr über die Rolle: Woher komme ich, wohin gehe ich?«

Giulia hatte plötzlich ein sehr ungutes Gefühl. Es war mehr als seltsam, dass einer wie er etwas »in seiner Freizeit« tat. Vielleicht war er überhaupt nicht wohnungslos, sondern einfach nur durchgedreht. Sein Enthusiasmus bereitete ihr jedenfalls Sorgen. Aber es war zu spät. Ihn würde sie bestimmt nicht mehr davon abbringen können.

»Es ist keine Rolle. Du gehst hin und haust ihr eine runter.«

Tobias warf ihr einen tadelnden Blick zu.

»Na, na!«, sagte er. »Du musst mir schon ein bisschen mehr geben, damit ich mich einfühlen kann.«

Er winkte seiner bunten Gruppe zu, die in ein Gespräch vertieft war. Niemand bemerkte ihn.

Giulia musste sich an einer Säule festkrallen, um nicht auf der Stelle ihrem Fluchtimpuls nachzugeben. Sie biss sich ein paar Mal auf die Zunge und holte tief Luft.

»Das Wichtigste«, sagte Giulia mit gepresster Stimme, »ist, dass der da es sieht!«

Sie zeigte auf den schönen Mann und bezweifelte insgeheim, dass er jemals wieder an irgendetwas Interesse bekunden würde. Sie war nicht sicher, ob selbst ein plötzlicher Vulkanausbruch mitten im Bahnhofsgebäude in der Lage wäre, ihm mehr als ein Blinzeln zu entlocken.

»Mach einfach ein bisschen Lärm, okay? Stell dir vor, sie sei an allem schuld.«

»Woran?«

»An allem. Was dich nervt. Du kannst an ihren Haaren ziehen, ihre Taschen durchwühlen, sie verbal bedrohen. So lange, bis der dahinten ihr zur Hilfe eilt. Lass dir was einfallen.«

Die Frau, die er angreifen sollte, stand auf, machte ein paar unruhige Schritte und setzte sich wieder. Tobias schluckte bei ihrem Anblick. Er drehte sich in Richtung seines neuen Freundes und beschloss, nun doch noch auf dessen alkoholisches Angebot zurückzugreifen, um sich für den Auftrag Mut anzutrinken. Es war eine seltsame Bitte, aber wie konnte er der Dame, die er erst vorgestern in der Rolle der Cleopatra so bewundert hatte, etwas abschlagen? Kurz entschlossen ergriff er die ihm dargebotene Wodkaflasche und nahm einen tiefen Schluck. Dann warf er einen verstohlenen Blick in Richtung des Mannes mit dem Brustpanzer, der seinen Angriff planmäßig vereiteln sollte, verglich dessen Körpergröße und Oberarmumfang mit seinem eigenen und nahm einen noch tieferen Schluck. Giulia machte eine ungeduldige Geste.

Tobias hielt die Flasche fest umschlungen und taumelte los. Für den Bruchteil einer Sekunde sah es so aus, als würde er einfach davonlaufen. Dann aber stellte er die Flasche auf den Boden und begann die Frau anzupöbeln. Entsetzt beobachtete Giulia die

Szene. Tobias Gezappel war mitleiderregend und wirkte alles andere als bedrohlich. Als er ihre Tasche an sich reißen wollte, stand sie auf und rammte eines ihrer langen Beine in seine Genitalgegend. Tobias ging zu Boden, er röchelte vor Schmerz. Dann ging alles so schnell, dass Giulia kaum verstand, was zuerst passierte. Der schöne Mann stand plötzlich daneben. Er hatte die Szene wohl bemerkt, und irgendetwas daran hatte tatsächlich sein Interesse geweckt. Dabei handelte es sich aber keinesfalls um einen Beschützerinstinkt der Frau gegenüber. Einen langen Moment starrte er auf das Objekt seiner Begierde – auf die noch immer neben der Bank stehende Wodkaflasche. Die Frau suchte seinen Blick. Der schöne Mann aber sah weder sie noch den sich am Boden windenden Angreifer, er hatte nur Augen für die wunderbare Transparenz des scharf riechenden Flascheninhalts. Er beugte die Knie, er verneigte sich vor der Flasche, er hatte sie schon von weitem gesehen und wollte sie endlich zwischen seinen Fingern spüren, ihre Glätte, ihre Schwere, ihre Kühle, das Versprechen, das in ihr lauerte, er würde es ihr abnehmen, ihr schon. Aber sie verschwand, kurz bevor er sie ganz ergriffen hatte, jemand hatte sie an sich gerissen und dann flog sie, wie in Zeitlupe sah er sie fliegen, bis sie an einer Anzeigetafel zerschellte und die erhoffte Erlösung verdunstete auf den Abfahrtszeiten. Er richtete sich auf. Die Zerstörerin besaß die Frechheit, ihm mitten ins Gesicht zu sehen. Er stieß sie weg, die Frau taumelte auf die Bank.

»Nein!«, schrie Giulia laut, so falsch war die Richtung, in die sich alles gewendet hatte. Ihr Ausruf erzeugte einen Moment der Irritation. Plötzlich war es still. Der Mann sah sich um, wunderte sich über seine Hände, die in der Luft hingen, und schien nicht mehr zu wissen, wie sie dort hingekommen waren. Tobias hatte sich aufgerichtet und ging humpelnd davon. Seine Begeisterung für Giulia wirkte etwas gedämpft. Der schöne Mann schien noch immer nicht ganz wach. Die Frau holte aus und gab ihm eine schallende Ohrfeige. Giulia ergriff die Flucht. Sie konnte es nicht länger mit ansehen.

L

Er schwankte, ließ sich ohne die geringste Eleganz neben sie auf die Bank fallen und begann sich zu schütteln wie ein nasser Hund.

»Danke?«, sagte er, mit einem eindeutigen Fragezeichen am Ende, und hielt endlich still.

»Wofür?«, fragte Lucy.

»Ich bin nicht sicher«, antwortete er. Da war dieses leise Raunen um sie herum, das Lucy zuvor nicht bemerkt hatte. Ihre wohnungslosen Zuschauer schienen über sie zu sprechen, aber es störte sie nicht, denn es war ein warmes, ein wohlwollendes Gemurmel.

»Ich hoffe, es hat nicht wehgetan«, fügte er nach einer Weile hinzu.

»Nein, aber dir hoffentlich schon«, sagte sie.

Er lächelte und rutschte etwas näher an sie heran. Die rosafarbenen Zickzacklinien seiner Narben schimmerten in ihrem Augenwinkel.

»Was ist da passiert?«, fragte Lucy und zeigte auf eine der Narben, ohne sie berühren zu wollen. Aber plötzlich drehte er sich in ihre Richtung und zwei ihrer Finger landeten auf seinem Arm. Sie zuckte zusammen. Er roch immer noch gut. Während er erzählte, versuchte sie es als Mutprobe zu betrachten, ihre Hand nicht von ihm wegzuziehen.

M

Als Giulia resigniert die Tür des Überwachungsraumes öffnete, um sich bei Onkel Beat für ihr Versagen zu entschuldigen, fand sie ihn strahlend vor den flackernden Monitoren.

»Es tut mir leid«, sagte sie, »aber du musst zugeben, dass dieser ganze Plan von Anfang an daneben war…«

»Schau doch!«

Giulia folgte seinem Zeigefinger mit den Augen. Die beiden saßen nebeneinander. Sie redeten.

»Was ist passiert?«, fragte Giulia. »Ich dachte, sie waren in eine Schlägerei verwickelt!«

»Die war von kurzer Dauer«, grinste Marotti zufrieden. Mehr sagte er nicht. Giulia starrte ungläubig auf den Bildschirm. Sie war erleichtert, aber auch verärgert darüber, dass sie nach all ihren Mühen den entscheidenden Moment nicht mitbekommen hatte.

»Ich gehe jetzt, ja?«

»Hm?«, machte Marotti, ohne aufzusehen. Er war völlig versunken in der unerwarteten Versöhnung.

Er hatte es wiedergutgemacht. Das musste irgendetwas bedeuten. Nur weil es seltsam war, war es dadurch nicht weniger tröstlich. Es war, als hätte ihm ein Unbekannter im Vorbeigehen ermutigend zugenickt.

S

»Und du?«, fragte Simon, als er am Ende angekommen war.

»Ich?«, fragte sie erstaunt zurück, als hätte sie ihm die letzte halbe Stunde gar nicht zugehört. Sie nahm verschämt die nicht mehr ganz so kühle Hand von seinem Unterarm. Ihre ausnahmsweise bequem aussehende Sitzposition wurde wieder so zurechtgerückt, dass sie dem Empfangsraum einer Ballettakademie würdig war.

»Warum sitzt du hier?«, fragte er.

»Alles ist … anders«, sagte sie nach einer Weile widerwillig und wandte den Blick von ihm ab.

Er sah sie weiter an, hatte nicht vor, sie einfach entkommen zu lassen, ohne ihre Geschichte.

Er wartete. Ihre Unnahbarkeit hatte einen feinen Riss bekommen, und er musste zugeben, dass er unbedingt wissen wollte, was darunter lag. Sie sagte nichts, atmete nur leise, immer flacher. Als er glaubte, dass sie sogar damit aufgehört hatte, begann er sie zu küssen. Sie erwiderte seinen Kuss, erst höflich, dann immer heftiger, und er war erstaunt über den Geschmack, den er in ihrem Mund fand. Er hatte Zahnpasta erwartet, Kaugummi vielleicht, aber sie schmeckte einfach nur salzig und ganz und gar nach Mensch. Mittendrin, in einer kurzen Atempause, sagte sie plötzlich:

»Ich müsste längst tot sein.«

Simon entfernte sich verwundert von ihren Lippen, um sie ansehen zu können. Er wollte fragen, was sie meinte, fürchtete aber, sie zu unterbrechen und damit wieder zum Schweigen zu bringen. Sie erzählte stockend, immer wieder blieb ihr die Luft weg, und er musste warten, bis sie endlich weiterreden konnte.

»Hast du die Nachricht gelesen?«, fragte sie, als sie beinahe fertig war.

»Du meinst den Brief in deiner Tasche? Nein. Ich bin ja nicht dazu gekommen.«

Mit einer schwerfälligen Bewegung reichte sie ihm den zerknitterten Umschlag. Er öffnete ihn vorsichtig, ohne sie dabei aus den Augen zu lassen.

»Also er ist von deiner Großmutter?«, fragte er.

»Zumindest hat sie ihn diktiert.«

Er zwang sich, von Lucy weg und auf die Nachricht zu sehen, die ihn durch ihre Knappheit überraschte. Da stand:

Chère Lucille,
Du weißt vielleicht –
Ich hatte es auch.
Man kann damit leben …
Je t'embrasse,
Mamie

Er klappte die Worte wieder zusammen, behielt das Papier aber fest in seinen Händen. Das Raunen um sie herum hatte aufgehört. Alle schienen zu schlafen.

»Ist das nicht gut?«, fragte er zögernd, in die regelmäßig atmende Stille.

»Dann verstehst du es nicht«, sagte sie enttäuscht. »Es war mein Leben.«

»Und jetzt hast du mehr davon«, antwortete er.

»Vielleicht. Es könnte immer noch sein, dass ... oder eben nicht. Man weiß ja nur einen Bruchteil. Da wäre es besser, gar nichts zu wissen. Niemand kann mir mehr sagen, wann ich damit rechnen muss. Ich weiß nicht, wann ich sterbe.«

»Willkommen«, sagte Simon und lächelte.

M

Marotti fielen die Augen zu. Hatten sie sich wirklich geküsst, oder hatte er nur geträumt? Die Kerze war bereits eingeschlafen, lehnte ihr königliches Haupt an die Schulter des Römers, der versuchte, etwas aus ihrer Tasche zu holen, ohne sie dabei zu wecken. Es sah aus wie ein Stift. Es musste ein Stift sein, denn der Römer kritzelte damit auf einem Papier herum. Zwischendurch hielt er immer wieder inne, um die Kerze anzusehen. Der Juckreiz in Marottis Bein war verschwunden. Ich muss nach Hause gehen, dachte er noch, als sein Kopf ihm aus den Händen rutschte und er in einen tiefen, watteweichen Schlaf fiel. Er hörte den Wecker nicht, den die bunt gekleideten Aktivisten sich gestellt hatten, um aufzustehen und mit einer speziell für den Anlass zusammengemischten Substanz die Glastüren aller Geschäfte zu verkleben und unbetretbar zu machen. Er sah nicht die Logos und Plakate, die sie im gesamten Bahnhofsgebäude aufhängten, bis es aussah wie ein überladener Weihnachtsbaum. Er schlief zum ersten Mal seit langem, ohne von unangenehmen Träumen geweckt zu werden. Für eine kurze Zeit war Frieden.

L

Er war eingeschlafen und hing seitlich gekippt auf der Bank, nur das Metall seines Brustpanzers hielt ihn noch aufrecht. Die Position sah sehr unbequem aus, aber sein Gesichtsausdruck wirkte zufrieden. Sie überlegte, wie sie ihm helfen konnte. Bleiben konnte sie nicht. Sie stand auf, nahm ihr Portemonnaie und musste sich unter bunten Bannern hindurchducken, deren plötzliches Vorhandensein ihr sehr verwunderlich vorkam. Wer hängte um fünf Uhr morgens Plakate mit antikapitalistischen Parolen in einem Schweizer Bahnhofsgebäude auf?

Als sie zu ihm zurückkam, war sie erleichtert, dass er noch schlief. Erst jetzt erinnerte sie sich, dass er keine Tasche mit sich trug, und Hosentaschen hatte sein Kostüm natürlich auch nicht. Sie musste es anders hinbekommen, aber wecken wollte sie ihn auf keinen Fall. Deswegen traute sie sich fast nicht, noch einmal seine Haut zu berühren, aber am Ende tat sie es doch. Sie nahm ihre Tasche in die eine, und den Topf mit dem Lavendel in die andere Hand und verschwand in Richtung der Gleise, ohne sich noch einmal umzudrehen. Der erste Zug fuhr in zehn Minuten.

Im Haus war es dunkel. Lucy konnte sich nicht mehr daran erinnern, gestern die Fensterläden geschlossen zu haben, und öffnete sie, einen nach dem anderen. Das rötliche Morgenlicht hinterließ lange Streifen auf dem Parkett. Einen Mantel ihrer Großmutter hatte sie beim Ausräumen übersehen, weil er hinter der Tür an der Garderobe gehangen hatte. Sie zog ihn an und trat barfuß hinaus in den Garten, damit sie wach würde von den kalten Tautropfen zwischen den Zehen. Eine Hornisse summte an ihr vorüber. Bald würde der erste Nachtfrost sie dahinraffen. Es sei denn, sie war zufällig eine Königin. Kilometerweit über ihr, getragen von wärmeren Luftschichten, stach eine Zugvogelschar ein riesiges V in den hellblauen Himmel. Nicht alle von ihnen würden es bis übers Meer schaffen, bis über die immer größer werdende Wüste, bis dahin, wo es endlich wieder grün wurde. Aber trotzdem flogen sie los. Lucy trat aus Versehen in einen heruntergefallenen Apfel, der schon weich und verwurmt war und leicht faulig roch. Sie ging zurück ins Haus und holte den Lavendel, den sie im Flur abgestellt hatte. Mit den Händen grub sie ein großes Loch in die Erde. Dann aber fürchtete sie plötzlich, die Pflanze könnte draußen erfrieren, und suchte zwischen den violetten Blüten nach der Aufschrift *winterhart*. Stattdessen fand sie etwas anderes, mitten im duftenden Gestrüpp. Es war die Nachricht ihrer Großmutter, auf deren Rückseite sich jetzt, in Form einer handtellergroßen Bleistiftzeichnung, Lucys Gesicht befand. Simon hatte sie nicht schöner gemacht, als sie war. Sie sah nackt und verletzbar aus. Alles, alles sah man ihr an. Lucy ließ sich vor Schreck und Scham auf die morsche Bank unter dem Apfelbaum fallen. Hatte sie so viel von sich preisgegeben? Wie konnte er sich einbilden, sie so gut zu kennen? Erst nach einer Weile merkte sie, dass er darunter etwas geschrieben hatte. Da stand:

Du lebst?
Ich finde, es steht dir.

S

Es raschelte seltsam, als er aufstand, und er dachte, dass es von den Kreppbändern kommen musste, die überall auf dem Boden verteilt herumlagen und zwischen den Säulen gespannt worden waren. Simon sah sich um. Sie war nicht mehr da. Hatte noch nicht einmal eine Nachricht hinterlassen. Er befühlte ihren Teil der Bank, das Stück Metall, auf dem sie gesessen hatte, und es war noch warm. Ihr Verschwinden konnte also nicht lange her sein. Auch wenn er wusste, dass ein solcher Abgang wahrscheinlich genau ihrem Wesen entsprach und es unvernünftig gewesen wäre, irgendetwas anderes von ihr zu erwarten – es stimmte ihn traurig. Mehr als das. Es durfte nicht sein. Plötzlich wurde ihm in aller Deutlichkeit klar, dass er sie wiedersehen *musste*. Er rannte zur Anschlagtafel, um herauszufinden, welcher Zug als letztes abgefahren war. Es war eine S-Bahn zum Badischen Bahnhof. Die nächste fuhr in wenigen Minuten, und er beschloss sofort, sie zu nehmen. Sein Brustpanzer fühlte sich enger an als gestern, was seltsam war, aber nicht das dringendste seiner momentanen Probleme.

Zumindest gab es zwischen den beiden innerstädtischen Bahnhöfen so gut wie nie eine Fahrkartenkontrolle. Als der Zug hielt, rannte er auf den Bahnsteig und hielt Ausschau nach ihr. Er konnte sie nirgends entdecken, verspürte dann aber einen Anflug von Hoffnung, dass sie vielleicht auch hier wieder in der Bahnhofshalle sitzen könnte. Er rannte durch die Unterführung, durch den Zoll, und begann ihren Namen zu rufen. Es roch nach frisch gedruckten Zeitungen, auf deren Titelblättern Menschen mit frischen Schusswunden abgebildet waren. Simon hielt kurz inne, um die Schlagzeilen zu lesen, die über einen lautlosen Monitor wanderten. Kaum ein Ort, an dem nicht irgendeine Art von Krieg herrschte. Lucy war nirgends. Sie saß auf keiner Bank, lehnte an keinem Pfosten, starrte auf keine Abfahrtszeiten. Draußen hatte der Tag begonnen, die Spuren der Nacht wegzuwischen. Er sterilisierte sie wie eine übereifrige Reinigungskraft, und es gab nichts, was Simon dagegen tun konnte. Ein Mann, der gerade vom Bäcker kam, trug seine warmen, duftenden Teigwaren liebevoll in den Armen. Erst als die Schwingtür hinter ihm zuschlug, erst als er eigentlich schon weg war, erkannte Simon ihn. Er rannte hinter ihm her und rief seinen Namen, aber der Mann hatte sich schon auf sein Fahrrad geschwungen und fuhr – zum Glück in einem gemächlichen Tempo – in Richtung Stadt. Simon lief und lief und war selbst erstaunt über seine Kondition, bis der Radler endlich vor einem Haus anhielt, in dessen unterstem Stockwerk sich eine Strip Bar befand. Mit letzter Kraft rief Simon erneut nach ihm, bevor er sich an einen Zaun lehnen musste, um Luft zu holen.

Fede sah sich erstaunt um und brach, als er Simon erblickte, in ein so schallendes Gelächter aus, dass der Besitzer der Strip Bar seinen aufgedunsenen Kopf aus dem Fenster streckte, um sich über die frühmorgendliche Ruhestörung zu beschweren.

»Was machst du hier?«, fragte Fede, als er wieder einigermaßen atmen konnte.

»Könnte ich dich genauso fragen«, antwortete Simon grinsend.

»Ich habe vor kurzem versucht, dich anzurufen«, sagte Fede.

»Obwohl ich es nicht dürfte, aber bei dir ist die Gefahr nicht so groß, denke ich. Du hast ja keine Kontakte dort. Wir sind geflohen, verstehst du? Zeugenschutz.«

Simon nickte. »Heißt du jetzt anders?«, fragte er.

Fede deutete auf ein Klingelschild neben der heruntergekommenen Haustür, vor der er sein Fahrrad abgeschlossen hatte.

»Und deine Frau? Deine Kinder?«

»Alle hier«, sagte Fede. »Es geht uns gut.«

Dann standen sie verlegen herum und wussten plötzlich nicht mehr, was sie sagen sollten. Gerne hätte Simon Fede zu einem Kaffee eingeladen, aber den konnte er nicht bezahlen.

»Komm mit hoch!«, sagte Fede schließlich. »Du solltest duschen.«

Sie gingen durch das dunkle Treppenhaus, jede Stufe gab ein anderes Quietschen von sich. Im obersten Stockwerk schloss Fede die Tür auf.

»Ich hab noch jemanden mitgebracht!«, rief er in

den Flur. »Also hoffe ich, ihr seid angezogen. Obwohl, er ist es auch nicht wirklich …«

Fedes Frau begrüßte ihn mit einem amüsierten Stirnrunzeln. Sie zog die Kinder aus der Küche, in der sich auch die Dusche befand, die Simon tatsächlich dringend brauchte. Als er allein war, stutzte er plötzlich. Die Kinder. Er hatte sich nicht gefürchtet. Fede klopfte an die Tür und reichte ihm ein Hemd, eine Hose und ein Handtuch. Er nahm den Brustpanzer ab und starrte ungläubig auf die verschwitzten Geldscheine, die sich um ihn herum auf dem Boden verteilten. Ganze Bündel von Fünfzig-Franken-Noten hatte jemand in sein Kostüm gesteckt. Wohl nicht irgendjemand, sondern höchstwahrscheinlich Lucy. Und er wusste nicht, wie er das finden sollte. Erst als er sich gewaschen hatte und in Fedes Kleidung stieg, bemerkte er das eine Papier, das kein Geldschein war. Es war ein benutztes Ticket der Londoner U-Bahn, auf das sie eine Telefonnummer geschrieben hatte. *Ruf mich an*, stand darunter in winzigen Buchstaben. *Ich will mein Geld zurück.*

M

Als Marotti aufwachte, war es halb sieben. Die Kerze war nicht mehr da. Er sah Mark Anton noch ein letztes Mal, für einen einzigen, unendlich kurzen Moment. Er näherte sich in Sekundenschnelle dem Bildrand und verschwand. Erst jetzt begriff er richtig, was das bedeutete. In ihrer Welt hatte es ihn nie gegeben. Obwohl seine Verletzung es kaum zuließ, begann er zu rennen. Die Plakate der Aktivisten interessierten ihn nicht. In der Halle stolperte er über den Verband, der sich von seinem wunden Bein gelöst hatte. Trotzdem lief er weiter, so schnell er konnte, und hielt erst am Bahnsteig an. Schwer atmend sah er dem Zug hinterher, der im orangefarbenen Morgennebel verschwand. Es war zu spät. Er hatte sie verpasst. Aber es wärmte sein Herz, dass die Welt Farben hatte.